KB106574

히구치 이치요
강정원 옮김

배반의 보랏빛

裏紫

시모무라 이잔이 그린 히구치 이치요의 초상화(1897)

차례

일러두기

1 본문의 각주는 모두 옮긴이 주이다.

2 각 작품에 대한 저본은 다음과 같다.

「마지막 서리」:『一葉全集』(博文館, 1897. 1. 9.)

「다마다스키」「여름 장마」「경상(經床)」「파묻힌 나무」「새벽달」:『樋口一葉集』(和田芳惠 編, 筑摩書房, 1972)

이외 16개 작품:『樋口一葉集』(菅聡子·関礼子 校注, 岩波書店, 2001)(참고 서적 병용)

3 각 작품에 대한 참고 서적은 다음과 같다.

「파묻힌 나무」:『樋口一葉集』(和田芳惠 校注, 角川書店, 1970)

「키 재기」:『評釈伝記樋口一葉』(石山徹郎·榊原美文 共著, 日本評論社, 1941)

전 작품:『全集樋口一葉(復刻版)1·2 小説編)』(前田愛·岡保生·木村真佐幸·山田有策 校注, 小学館, 1996)

4 원문의 근거가 되었거나 되었다고 추정되는 고전은 작품 감상에 유의미하다고 판단되는 경우 우리말로 옮겨 각주로 실었다. 특히 와카의 경우 5/7/5/7/7의 음수율에 맞춰 옮겼고 출전을 표시했다.

5 원어에 대한 한자는 일부 저본에 정자로 표기되어 있을지라도 통일성을 위해 모두 약자로 표기했다.

6 대체로 외래어 표기법을 따랐으나 일부 예외를 두었다.

다마다스키[1]

상1

즐거워 마땅한 세상을 매미 허물처럼 내버린 듯 삼으며 올해 나이 열아홉. 하늘이 내려준 고운 자태를 아쉽게도 파문힌 나무처럼 여겨 봄을 기다리지 않는 처지인 아오야기 이토코. 세상에 이름은 들려도 모습은 보이지 않는 고상한 인품인데, 그도 그럴 수밖에 없는 것이, 옛날을 들추면 족보 두루마리는 길지만 도쿠가와 가문 끝자락의 아직 파란은 일지 않은 에도 시대에 오소바고요토리쓰기[2]라는 글자를 도에 새기고 쇼군 휘하에서 상석을 차지한 아오야기 우쿄의 3대손이기 때문이다. 어제가 다르고 오늘이 다른 세상에 태어나 귀인 대접

---

1 다마다스키는 다스키(기모노의 긴 소매를 걷기 위해 상체에 두 번 걸어 매고 묶는 끈)의 미칭(美稱)으로, 주인공 이토코의 처지를 상징한다.

2 御側御用取次(원문에서는 御用お側お取次). 에도 막부에서 쇼군과 직접 접촉하며 사무를 처리하던 핵심 고위직.

을 받은 적은 없지만 긴 주반3의 수놓은 무늬에는 옛 자취가 보였는데, 모친의 유품이어서 그런지 붉은 바탕색이 바랜 것도 가엾기만 하다. 사는 곳은 어디인가. 옛 영화를 생각하면 시노부가오카라는 옛 이름도 슬픈 우에노 뒤편의 야나카에 모양만 갖춘 사립문을 내보이고 있었다. 봄에는 가던 길을 멈추고 한번 보라. 한쪽 가지를 내민 홍매화는 울타리 뒤에서 고운 색을 비치고 있지만 그 너머로는 이엉을 엮은 처마밖에 없다. 사방은 꽃밭에 둘러싸여 있고 가을에는 수많은 벌레가 운다. 그것을 천연의 우리 속에 가두고 밤의 달빛 아래서 듣는 심사를 물어보고 싶을 따름이다. 한편 부친에 관해 묻는다면, 매달 12일 불단에 바치는 찻물의 주인이 바로 그 사람이다. 모친 역시 그 위에 있다고 한다. 이 고독한 몸은 이처럼 서리막이 없는 화단의 국화와 같은 신세일까. 그렇지 않다. 대나무 지지대와 같은 뒷배라고도 할 수 있는 사람은 옛 영주의 가신 우두머리에 몸담았던 사람의 유복자인 마쓰노 세쓰조라는 사내로, 서른대여섯 살이 되는 나이에도 부모에게 물려받은 충혼을 연마해 2대를 섬기는 데 느슨함이 없었다. 한 정 남짓 떨어진 제 집에서 눈이 오나 비가 오나 찾아와 아침저녁으로 두 번 올리는 문안을 게을리하지 않는 그 마음이 참으로 갸륵했다. 장가를 들지 않겠느냐며 권하는 사람도 있었지만 "아닙니다. 저는 제쳐 두십시오. 저보다는 우리 아가씨가 걱정입니다. 이제 곧 스무 살이신데 한창때가 지나서는 꽃도 소용없지 않습니까. 적당한 사위분을 모시고 싶습니다." 하며 일의전심

---

3 長襦袢. 주반은 기모노 안에 속옷으로 입는 옷으로, 보통 허리 길이까지 내려오지만 여기서는 그보다 더 긴 것.

제 주인만을 생각했다. 이렇게 주인을 소중히 여기는 마음이지만 세상 사람들의 경조부박함 탓에 세쓰조는 '재주 있는 사람은 많고 능력 있는 사람은 적지 않지만, 인물이 좋고 학예가 뛰어나다고 해서 소중한 주인의 삶을 맡길 만한 사람이 과연 내다보이는 세상에 있는지는 알 수 없구나. 행복한 삶을 보내시는 길을 위해 나는 대체 어떡하면 좋을까.' 하는 고민에 빠져 잠을 못 이루고 날을 새기도 했다. 혼기가 된 딸을 가진 어머니의 마음은 과연 어떠한 것일까. 흠을 입혀서는 안 된다는 염려는 그다지 크지 않았다. 그런데 세쓰조가 이토록 열심히 사윗감을 고르고 있는 것을 이토코는 눈앞을 지나는 구름으로도 생각하지 않았다. 남편을 가지겠다는 생각은 꿈에도 전혀 없이, 즐거움은 다만 봄가을 정원에 피는 꽃에서 느꼈기에, 할 수 있다면 나비가 돼 노닐고 싶다는 종잡을 수 없는 말을 하며 나날을 보냈다. 그러던 중에 올해도 부질없이 봄이 지나고 옷을 넌다고 하는 새하얀 빛깔로[4] 울타리에 빈도리가 폈다. 이곳에도 맑은 시내가 있구나 싶어 이토코는 정원에 흐르는 가느다란 물줄기에 그림자를 비추며 바람 없이도 서늘한 여름의 저물녘에 목욕을 끝내고 산보를 했는데, 먼지가 일지 않도록 물을 뿌린 흔적을 정원용 게다로 가볍게 밟으며, 한 손에는 옷자락을 쥐고 다른 한 손에는 살이 비쳐 보이는, 종이에 묵화가 그려진 쥘부채를 들고 모기를 쫓았다. 물줄기를 앞두고 선 그 모습에 하늘의 달이 부끄러워선지 가는 구름의 끝자

4   아래 와카에 근거.
      봄이 지나고/여름이 온 듯하네/하얗고 하얀/옷을 넌다고 하는/아마노카구야
      마. —『신코킨슈(新古今集)』 여름
      아마노카구야마는 현재의 나라현 가시하라시에 있는 작은 언덕.

락에 숨어들어 별안간 어두워진 바로 그때, 누군가의 마음에 빗대어지는 반딧불이 한 마리가 바람에 떠돌다 바로 눈앞에 왔다. 손대지 않아야지 하고 생각하면서도 이토코가 가만히 있을 수 없어 부채를 불쑥 들자, 역시나 반딧불이는 하늘 멀리 날아갔고 쥔 손은 어떻게 풀렸는지 부채가 빈도리 울타리를 넘어가 떨어졌다. 이거 어쩌나 하고 몹시 난처해하며 울타리 틈을 들여다보자, 때마침 구름이 걷혀 다시 달빛이 내리며 제 눈을 마주 보고 선 사람이 보였다. '어느 새에 여기에 왔을까. 여태 숨어 있기라도 했나? 나도 모르게 흐트러진 모습을 보인 걸까. 분명 보였을 거야.'라는 생각에 얼굴이 화끈 달아올라 이토코가 꿈속을 헤매듯이 고개를 숙이자 "이건 당신 건가요? 돌려 드리죠. 자, 받으세요." 하는 가늘고 맑은 남자의 목소리가 들리며 울타리 위로 부채가 내밀어졌다. 잡으려고 올려다 보니 수줍게도 아름다운 소년이었다. 가져가려고 하는 부채를 잠깐 놓지 않고 "연정에 애타는 건 반딧불이만이라고 생각하시는지요." 하는 기묘한 한마디를 남긴지라 이토코는 잠시 어리둥절히 머릿속을 헤맸다. 정신을 차렸을 때는 빈도리 울타리에 비치는 달빛은 높고 맑게 보였으며 물줄기에 비친 그림자는 다시 자기 혼자가 되었다. '그런데 저 사람은 누굴까. 옆집에는 정원사가 산다고 들었는데 뜻밖의 인품이네.' 하고 그쪽을 바라보며 우두커니 서 있자, 바람을 타고 오는 노래를 읊는 목소리에 더욱 마음이 이끌렸다. 이토코는 세상을 부질없는 것으로 여겨 단념했기에 꽃다운 나이에 입술연지, 백분도 바르지 않았고, '금비녀, 비단옷이 다 뭐람. 모두 헛된 거야.' 하고 생각하며 돌아보지 않은지라, 조금 전의 마음에 부끄러움을 느꼈다. '나는 헤매고 있는 거야. 그 얼굴을 한 번 더 보고 싶은데.' 하며 까치발을 딛고 있자 누가 "저기……." 하며 소맷자락을 붙잡았다. "누구야? 어, 마쓰노였니? 어떻게 여기에, 아니, 어느새에……." 하며 이토코는 흐지부지 종잡을 수 없는 말을 늘어놓았다.

상2

원창 너머로 보이는 소나무를 보고 몇 날 밤 노래를 읊으며, 달빛이 어두워지는 대로 이토코의 마음도 그러했다. 대놓고는 물을 수도 없는 옆집 사람에 관해 듣고 싶다고 생각할수록 '심술궂어서 아무도 알려 주지 않는 걸까? 아니면 알지 못해서일까. 설마 정원사 아들은 아닐 테고, 그렇다고 누가 이사를 왔다는 말도 듣지 못했으니 달리 누가 있을 리는 없겠지. 수상하구나.' 하고 속으로 생각하는 것도 결국 사람한테 마음이 끌렸기 때문이다. 하염없이 정원을 걸으며 울타리 주변에 왔을 때, 몇 번이고 뒤돌아보며 생각했기에 이토코는 '참 경망스러운 일이구나. 성도 모르고 누구인지도 모르고, 성품이고 무엇도 죄다 모르는 사람을 보고 싶어 한다는 건 내가 봐도 한심한 일이야. 무상한 세상에서 무상한 사람에게 기대는 여자 신세 슬프구나.' 하고 단념하는 한편, '마쓰노는 충심에서 나를 소중히 생각한 나머지 근심이 많을 거야. 그 대단한 뜻은 잘 알지만, 그것조차 하늘에 부는 바람처럼 여겨 귀담아들으려고도 하지 않는 이 몸은 대체 어떻게 된 걸까. 자취도 형체도 없는 사랑에 바닷가 전복인 양[5] 혼자서만 고민하다니, 내 마음을 묻기도 왠지 부끄러워. 남모르는 고민 탓에 어제와 그

저께는 세쓰조가 찾아온 것마저 성가셔 말도 많이 나누지 않았으니 그걸 어떻게 듣고 얼마나 걱정했을까. 미안하게 됐네. 아, 오늘의 해도 저물려고 하니 그 발소리가 들릴 무렵이구나. 평소 흐린 가슴의 거울을 산뜻한 이야기로 맑게 하고 싶은데.' 하며 울타리 주변에서 벗어나 뒤도 돌아보지 않고 두세 걸음을 나아가자 물 흐르는 소리가 맑게 들렸다. 마음이 거기에 멈춰 생각하자 어제의 제 모습이 선히 떠오른지라 무엇 때문에 번민하는 처지인지 알 수 없어졌다. '넓은 정원은 내게 사계의 색을 앞다퉈 보여 주고 나는 풍치 있는 거처에서 자유롭게 살고 있는데. 그리고 바람에 울리는 처마의 풍령과 처마에 매단, 이슬이 떨어지는 넉줄고사리, 어느 것 하나 풍치 없는 건 없는데 뭐가 괴로워 공연히 가슴 아파하는 걸까. 참 어리석구나.' 하며 홀로 웃음 지으며 대나무 툇마루에 앉아 다리를 쉬었다. 저녁 바람이 서늘하게 소맷자락에 통했고 하늘에는 박쥐가 두세 마리 날아다녔는데, 그것도 이윽고는 자취를 감추어 갔다. 외문을 조용히 여는 익숙한 소리가 들리자, 이토코는 부엌을 향해 "다마야, 세쓰조가 온 것 같으니 등불을 어서." 하고 분부하며 벌떡 일어나 문 쪽을 언뜻 보았다. 어둠 속에서도 뚜렷이 보이는 흰 손을 들어 어린아이가 엄마를 부르듯이 손짓하며, 방에도 들어가지 않고 멀찌감치 기다리고 있자 마쓰노는 천천히 걸어와서는 툇마루 쪽으로 고개를 까닥 숙였다. 이토코가 가볍게 인사를 받고 웃는 얼굴로 화문석에서 절반을 비켜 주고는 부채질을 해 주자 마쓰노는 "황송합니다." 하며 엎드려 절했다. "요즘 기분이 좋지 않으시다고 들었는데, 이제

---

5   전복이 일매패라는 점에서, 짝사랑을 하고 있음을 뜻한다.

평소로 돌아오신 겁니까? 아가씨 나이에는 마음이 자주 우울해진다고 합니다. 책은 너무 많이 보지 마십시오. 소중한 몸을 소홀히 생각하시면 안 됩니다." 하며 사정을 알지 못해서 한 진실한 충고에 이토코가 어쩐지 부끄러워 얼굴을 살짝 붉히며 "아니, 아픈 건 벌써 다 나았어. 걱정 끼쳐 미안해." 하고 자기도 모르게 사과하자 마쓰노는 "무슨 말씀이십니까. 주종 사이에 그런 신경은 쓰지 않으셔도 됩니다. 아가씨께서 아프시거나 그 밖에 무슨 일이 생겨도, 그건 전부 제 잘못입니다. 돌아가신 두 분의 위패와 그리고 제 망친에게 이 세쓰조는 아무런 면목도 없기 때문에 설령 몸과 바꾸고 목숨과 바꾼다고 해도 아가씨를 성심껏 모셔야 하는데, 그렇게 이유 없이 삼가시는 건 그만둬 주십시오." 하며 원망스러운 얼굴을 보였다. 이정도로 신경 써 주는 그 마음을 모르는 것도 아니지만, 요사이 퉁명스러웠던 것은 속에 고민이 있어 이야기를 나누기가 내키지 않았기 때문이다. 아프다고 하는 있지도 않은 거짓말은 무엇 때문에 했는지, 이토코는 어쩐지 두려워 몸도 떨며 "세쓰조야, 화가 났다면 용서해 줘. 격의는 추호도 없지만, 우리 아버지의 가신이던 옛날에는 그렇다 쳐도, 지금은 신세만 지지 은혜는 전혀 베풀지 못하는 내 처지가 늘 네게 여러 고생을 시키고 있는 데다 요전에 아팠던 것 때문에, 별건 아니었지만, 어쩐지 우울해서 속에도 없는 말을 했는지도 몰라. 그래서 그만 미안하다는 말이 나온 건데, 마음에 거슬렸다면 두 번 다시는 하지 않을게. 너한테 버림받고 내가 어떻게 세상에 설 수 있겠니. 아직 마음이 어리니 꼴사나운 모습도 보이는 거겠지. 화나는 게 많겠지만 달리 의지할 데가 없는 처지이니, 누이나 딸이 실수한 거라고 생각하고 호되게 야단이나 쳐 주면 좋겠다." 하고 이토코가 마쓰노의 무릎을 흔들며 눈물짓자 세쓰조는 조금 물러나 고개를 숙이며 "분에 넘치는 말씀이라 뭐라 드릴 말씀도 없습니다. 마음이 허하시니 저 따위한테도 친절히 부탁하시는 거겠지요. 아가씨는 모르시겠지만 저는 그 옛날의 신분이 생각나 참 안타깝습니다. 제게 아가씨의 뒤를 봐줄 능력은 없지만 진정만은 어느 누구보다 못하겠습니까? 마음 편히 생각하십시오. 아주 근사한 사위분을 모셔올 테니 곧 눈부신 신분이 되실 겁니다. 주제넘은 말씀이지만 이 세쓰조의 평생소원은 아가씨 한 몸의 행복뿐입니다."라고 말해 두고는 이토코의 얼굴을 지그시 바라보았다. 이토코가 무심히 되받아 보며 "나한테는 눈부신 신분이 되고 싶은 바람도 없는데, 남편을 맞이한다느니 시집을 간다느니 하는 세상 사람과 같은 바람은 더더욱 없지. 단지 너만이 나를 저버리지 않는다면, 나를 싫어하지 않는다면 그게 내 평생의 행복이야." 하며 싱긋 웃자 마쓰노는 꿇은 무릎으로 천천히 다가오며 "아가씨께선 그토록 이 세쓰조가 힘이 된다고 생각하시는 겁니까? 아니면 농담을 해 보신 건가요. 본뜻을 듣고 싶습니다." 하고 캐물었다. 이토코가 호호 웃으며 마쓰노의 무릎에 가볍게 손을 얹고는 "농담이냐고 묻다니, 듣기만 해도 서운하네. 나는 부모님이나 오라버니와는 또 다르게 소중히 생각하는데." 하고 무심히 말하자, "황송합니다." 하는 한마디는 말끝을 떨다 사라졌다.

중1

금방 감은 속발에 장미꽃 장식도 없는, 막 목욕을 하고 나온 유카타 차림과 얼굴에서는 아름다운 여름 후지산처럼 있는 그대로인 이마의 모습이 눈에 남아, 세상은 벌써 싸리 잎에 가을바람이 부는 철인데도 반딧불이를 부르던 부채와 그 자태를 잊지 못하는 귀공자가 있었다. 스루가다이 고바이초(紅梅町)에 사는 그 명예도 향기로운 메이지의 공신. 다케무라 자작이라는 존칭을 천군만마 속에 머금은 봉오리에 꽃이 터졌는지 그 차남으로 미도리라는 재식을 겸비한 아름다운 소년을 두고 있었다. "올여름 피서는 이카호에 갈까, 이소베[6]로 할까. 사람이 많은 데는 재미가 없겠지. 소달구지를 타고 갈 수 있는 나카가와(中川) 주변처럼 가까운 데 있고 마음 편히 머물 수 있는 곳은 없을까?[7]라는 탄식에 저택을 드나드는 아무개 정원사가 "제 야나카 초가집은 정원에 물을 끌어들여 흐르게 한 풍치 있는 경관은 없습니다만, 홍진만장의 번화가는 아니라 서늘한 그늘은 조금 있습니다. 혹시 발걸음을 옮기신다면 시노부가오카에 있는 푸른 나무의 아침 이슬을 잠옷 차림으로 밟으실 수도 있습니다. 반딧불이 명소인 다바타[8]도 가깝지요. 다만 덴노지(天王寺)가 가까이 있어 모기가 그리 적은 편은 아니지만[9] 불어 날릴 바람은 충분히 붑니다. 좌우간 생각해 보시지요."라고 하며 기노카미처럼 송구스러워하는 기색도 보이지 않으며 권한지라[10] "그거 좋겠군."이라고 하고는

---

6   伊香保, 磯部. 군마현에 있는 유명 온천.

7   이 대화의 내용은 『겐지 모노가타리(源氏物語)』 하하키기(帚木) 첩(帖)에서 주인공 히카루 겐지가 숙박할 장소를 정하는 장면에 근거.

8   田畑. 현재의 기타구 다바타(田端).

9   절에서는 살생을 하지 않았기 때문인 듯.

10 기노카미는 겐지가 묵기로 정한 별장의 주인으로, 별장이 좁은 데다 가족이 이

15

여름에 접어든 무렵부터 별채를 빌려 세 달 정도 날을 보냈는데, 저택에 돌아온 지금도 여전히 남은 기억이 두 가지 있었다. 옆집의 빈도리가 도회에서는 드물게도 울타리에 눈처럼 시원하게 핀 것과 달빛 아래서 마주 본 꽃 같은 눈썹이 수줍어하며 등을 돌리자 보였던 아름다운 목선이 그것인데, 돌려주는 부채에 마음을 담아 보냈을 때 밉지 않게 미소를 지은 입매 등이 다만 눈앞에 마구 떠올라 저도 모르게 눈을 감고 생각에 잠기는 일도 있었다. '그런데 어떤 사람의 집일까. 인품이 고상한 게 역시나 천한 집안은 아니겠지. 그 집의 아내인지 딸인지조차 물어보지 못해 아쉽구나. 정원사는 바로 옆집에 살고 있으니 물으면 누구인지도 알 수 있었을 텐데, 어째서 헛되이 날을 보냈을까. 그렇다고 이제 와서 그걸 묻는 것도 떳떳치 못한 일이겠지.' 이런 고민에 헤매는 데는 지혜의 거울도 한없이 흐려져서인지 오리무중의 꿈속을 방황했지만 과연 결심한 바는 있었다. 둘도 없이 자애로운 모친에게 어느 날 여차여차한 사정을 털어놓았던 것이다. "이렇게 말은 했지만 남편이 있는 사람이면 다가가선 안 되니 확인을 하고 단념하겠습니다. 들뜬 사랑에 마음을 다하는 게 참으로 경솔하다고도 생각하시겠지만 조상 대대로 친분이 있다고 해서 그 사람의 마음이 보이는 건 아닙니다. 문벌에 따르고 가문을 높이 보아 고르고 골라도 벌레 먹은 밤을 고른 일도 세상에는 많습니다. 말 부스러기에 묻힌 그런 아름다운 옥은 아마 또 없을 겁니다. 부디 허락해 주셔서 그 사람이 누구인지 물어봐 주셨으면 좋겠습니다. 곱자로 곧은 건 재기 어렵고 미혹된 눈으로 그릇됨과 올바

미 와 있었기 때문에 겐지에게 실례가 되지 않을까 걱정했다.

름은 분별하기 어려우니, 감정은 오로지 어머니 눈에 맡기겠습니다." 하고 부끄러운 기색도 없이 하는 말을 듣고 모친은 우선은 질리기도, 놀라기도 했지만 이토록 대단한 열정의 끝에는 무슨 일이 벌어질지도 모른 채, 다만 이를 털어놓은 것만으로도 기특해 모친은 "모든 건 이 어미 가슴에 있으니 내게 맡겨 다오." 하며 자식 사랑에 눈이 멀어, 어느 해 질 녘 성묘에서 돌아오는 길에 그 정원사 집 앞에 인력거를 대고 필요도 없는 분재를 샀다. 잘 가꾸어진 정원을 칭찬하며 산보를 하는 김에 혹시 그 사람이 보이려나 싶어 울타리 주변을 살펴보았지만, 정원이 넓고 집이 멀리 있는 데다 초가집 처마를 절반이나 뒤덮는 큰 소나무의 넘쳐흐르는 듯한 녹음만이 눈에 띌 뿐이었다. 목소리를 들을 실마리도 없었던지라 별채에서 뜷은 차를 마시며 넌지시 물어보았다. "이 주변은 어느 곳도 한적하고 정원이 넓은 게 부럽군요. 요 옆집은 어느 분의 별장인가요? 소나무만 봐도 넋을 잃을 정도네요." 하며 미소 짓자 정원사는 "별장은 아니고 살림집입니다."라고 말했다. 이를 실마리로 정원사는 "사실 넋을 잃으실 만한 건 소나무만이 아닙니다. 아름다운 주인공이 있습죠."라고 했다. 다케무라 부인은 역시 그렇구나 하고 생각하며 여전히 시치미를 떼면서, "주인이 여자분인가요? 그럼 남편을 먼저 보냈거나, 혹시 첩인가요? 따로 살림을 차려 준 집인가요?" 하고 묻자 정원사는 "아뇨, 그렇지 않습니다. 옛날에는 3000석을 받던 집안의 자손이죠." 하고 말했다. 그러자 부인은 "그럼 막부에서 일하던 분의 따님인가요? 부모님은 안 계시고요? 혼자 살고 있다니 안타깝네요." 하며 금세 그 사람을 불쌍히 여기게 되었다. 이곳 주인도 담소를 좋아하는 성격인지 기침하는 시간마저 아까워하며 긴긴 이야기를 늘어놓았다. 할아버지였던 사람이 쇼군 가문의 신임이 깊었고, 조금만 더 있었으면 제후의 반열에도 올랐을 텐데 불행하게도 병 때문에 오래 살지 못했다고 한다. 그 당시의 위세는 대단해서 지금의 화족은 도저히 발끝도 못 따라갈 것이라고 했는데, 그런 말실수를 하며 다급히 입술을 깨무는 것도 우스웠다. "그에 비해 지금 생활은 불이 꺼진 것과도 같습죠. 저렇게 땅과 집을 가지고 있고 공채도 어느 정도는 가지고 있다고 하지만 그것도 아가씨가 생활하시는 게 고작일 겁니다." 하며 정원사는 자기가 마치 그 집에 들어가 본 양 이야기했다. "노인장께선 어떻게 그리 잘 아세요?" 하고 묻자 "아, 저는 사실 전혀 알 수가 없는 사람이지만 재작년 세상을 떠난 아가씨의 유모가 평소 놀러 와선 얘기를 해 주었습니다."라고 했다. "나이는 열아홉 살이지만 아직 열여섯이나 일곱쯤으로밖에 보이지 않죠. 그리고 보니 마쓰노 님은 이제 꽤 나이가 드셨구먼." 하며 정원사는 저 혼자 알 만하다는 표정을 지었다. 부인이 "그 마쓰노 님이라는 사람은 따님과 어떻게 되나요." 하고 묻자 정원사는 "아, 미처 말씀을 드리지 못했네요." 하고는 더욱이 마쓰노에 관해 이야기하는 데 한동안 아래턱을 움직였다. 이리하여 해가 짧은 가을날의 짧은 시간 사이에 이토코 주종은 다케무라 부인의 마음속 지기가 될 수 있었다.

중2

마음은 변화하기 마련이다. 세쓰조(雪三)의 옛 마음을 엿

본다면 이토코에 대한 결백한 마음은 과연 그 이름으로 부르는 눈처럼 깨끗한 것일까. 주인을 소중히 모신다는 외길을 걸으며 다른 곳을 돌아볼 줄도 몰랐던 사람이, 기대실 데 없는 신세가 가엾다는 동정이 점점 커져서는 '나 하나만을 하늘 아래 믿음직한 사람으로 보시고 무슨 일에도 나를 찾아 허물없이, 거리낌 없이 응석도 부리고 토라지기도 하며 의좋게 다가오시는 그 마음이 참 사랑스럽구나.'라고도 생각했는데, 처음에 먼지 한 점이 흐름에 떠올랐을 때부터 거듭 쫓아냈지만 그 마음은 기어코 떠나가지 않았다. 맑게 하려고 생각할수록 마구 흐려진 데다 진여(眞如)의 달빛은 어디로 갔는지 한없이 희미한 연못에 심신이 깊숙이 가라앉아, 눈앞을 가로막는 것은, 다만 달을 쫓고 해를 따라 고운 모습을 더욱 곱게 보이게 하는, 비 내린 뒤의 봄 산과 같은 꽃다운 얼굴, 단아한 모습을 더욱 단아하게 보이게 하는 보름날 밤의 달과 같은 눈썹을 가진 이토코의 얼굴뿐이었다. 이런 마음이어도 여전히 한 조각 충성심은 구름이 되지도 않았고 봄 안개로 사라지지도 않았지만, 과연 돌아볼 때마다 참괴의 땀이 등에 흐르고 후회의 심사가 가슴을 찔러, '이게 어찌 된 일인가. 마신에게 홀리기라도 했나? 있어선 안 되는 마음이다. 내게 사심이 없다고 생각하셨기에 어린 아가씨를 맡기시고 마음 편히 눈을 감으셨는데. 이래서야 돌아가신 주군에게 무슨 면목이 있을까. 위패 앞에서도 마찬가지다. 얼른 사윗감을 골라 드려 지금의 주군에게도, 미래의 주군에게도 충절을 보이고 싶구나. 그렇긴 하지만 마음에 걸리는 건, 사람들의 말이 교묘하고 진심이 적은 게 요즘 세상이라고 하는데, 어느 누가 지극한 성실함을 가지고 내가 애경하는 주군의 반려가 되어, 평생의 보호자가 될 수 있겠나. 생각해 보면 너무나 막연한 일이다. 내게 주종의 관계가 없다면, 내가 마쓰노 세쓰조가 아니라면 아오야기 이토코 양의 손을 잡고 평생의 보호자가 될 사람은 하늘 아래 더는 없겠지. 하지만 이는 이뤄질 수 있는 일이 아니다. 만에 하나라도 이런 마음을 품는 건 사랑이 아니라 해를 끼치는 것이다. 그래, 이제부터는 허심탄회하던 예전으로 돌아가 아무 생각도 하지 않으리라.' 하고 깨끗이 단념하며 산뜻한 마음이 되는 것은 아오야기 본가에 발을 들이지 않았을 때뿐이었다. 이토코의 사랑스러운 웃음에 기쁨을 맞이하고 사랑스러운 말을 들을 때면 '도에 어긋날 테면 어긋나라. 세상의 웃음거리가 될 테면 돼라. 아가씨 때문에 버리는 평판은 조금도 아깝지 않다. 오늘은 생각하고 있는 마음을 말할까? 내일은 흉중을 밝힐까?' 하며 진실한 사람인 만큼 사랑에 괴롭게 고민했다. 세쓰조는 그런 고민이 몇 가닥이고 서로 꼬여 심란했지만, 이토코는 봄버들처럼 뒤집히지 않고 꺾이지 않는 나긋한 마음으로 천진한 웃음을 사랑스럽게 보이며, "세쓰조야, 기쿠[11]에 가을 풀이 한창이라고 하는데 언제 같이 가 주지 않을래?" 하고 졸라 댔는데, 어떤 말도 거스를 수는 없어 마쓰노는 "아가씨께서 좋으실 때 언제든 모시겠습니다." 하고 답했다. 가을비가 갠 어느 날, 오늘 가 보면 어떨까 하는 생각이 불쑥 들어 이토코는 전처럼 꾸민 티 없이 몸단장을 얼른 끝냈지만, 마쓰노가 오는 동안이 몹시 기다려져 자기가 먼저 마쓰노의 집에 부르러 갔다. 그런데 현관에 낯선 신발이 한 켤레 보였다. '손

11　菊塢. 1804년 골동품상 사와라 기쿠(佐原鞠塢)가 연 화원인 무코지마 백화원을 가리킨다. 현재 스미다구 소재.

님이 왔나? 때가 좋지 않았네.'라는 생각에 걸음을 돌렸지만, '그래도 여기까지 왔는데 그냥 돌아가는 것도 무익하지.' 하며 정원을 돌아 툇마루에 올라가자 객실인 듯한 데서 말소리가 들려왔다. 곁방으로 천천히 발소리를 죽이고 다가가 저도 모르게 귀를 기울였는데, 손님이 대관절 누구인지 '아오야기'라는 말과 '이토코'라는 말이 가끔 섞여 들었다. '무슨 얘기를 하는 걸까. 나하고도 관계가 있는 것 같은데.'라는 생각에 맹장지에 다가가 가만히 듣자, 끊기다 이어지다 해서 이야기의 의미는 명료하지 않았지만 대강은 알 수 있었다. 듣고 있는 사람이 있는 줄 몰랐겠지만 두 사람의 말소리는 그리 크지 않았다. 마쓰노와 마주 앉은 사람은 다케무라 자작의 가주[12] 아무개로 주인의 명으로 이토코를 놓고 필시 혼담을 꺼내 왔을 것이다. 그때 세쓰조가 결연한 목소리로 "어렵게 꺼내신 말씀이시겠지만 이토코 아가씨는 다른 집안에 시집가실 처지가 아니기 때문에 마음을 받을 것까지도 없습니다. 이 세쓰조가 단호히 거절하겠습니다. 돌아가셔서 이 사정을 잘 말씀해 주십시오." 하고 딱 잘라 말하자 가주는 "그리 말씀하실 줄은 몰랐습니다. 그럼 사위는 보지 않으시겠다는 겁니까?"라고 했다. "아닙니다. 일단 신분이 맞지 않습니다. 저희는 앞으로가 좀 어둡기도 해서……." 하는 말을 물리치고 가주가 "그건 걱정이 너무 깊으신 거 아닐까요? 신분이 맞고 맞지 않는 것은 결국 당사자 마음에 달린 겁니다. 우선 이토코 아가씨의 심중을 여쭤 주셨으면 하는데요. 그 답을 듣지 못하면 돌아가기 어렵습니다. 부디 여쭤 주십시오." 하고 되받자 마쓰노는 "그토록 말씀

---

12 家從. 화족 집안에서 서무를 담당하던 직위의 하나.

하시니 숨기는 것도 소용없겠군요. 사실을 말씀드리겠습니다. 이토코 아가씨께는 이미 정해진 사람이 있습니다. 그래서 거절한 겁니다." 하며 싱긋 웃었다. 가주가 조금 몸을 가까이 하며 "처음 듣는 말씀이군요. 어떤 분과 결혼하시는지, 거북하지 않으시다면 말씀을 듣고 싶습니다." 하고 세쓰조의 얼굴을 꼿꼿이 바라보았다. 이토코도 사이에 있는 맹장지 곁에 몸을 다가세우며 이상한 일이다 싶어 귀를 기울이자 마쓰노는 전에 없이 높은 목소리로 말했다. "그럼 말씀드리지요. 돌아가셔서 주인어른과, 특히 미도리 군에게 잘 전해 주시기 바랍니다. 이토코 아가씨와 혼약한 상대는 다름이 아니오라 마쓰노 세쓰조, 지금 이 말씀을 드리는 바로 접니다."

하

'한쪽에는 강하고 다른 한쪽에는 약한 게 사랑이라는 건 거짓말이야. 어느 쪽도 버릴 수 없는 꽃이나 단풍 같은 색은 없지만 마쓰노의 마음은 가여워. 그래서 나는 다케무라 님의 다정한 모습을 한 번은 그만 생각하기도 했지만, 그분이 내게 얕지 않은 뜻을 가지셨다니 송구스럽구나. 이렇게 생각하는 건 내게 정조가 없기 때문일까. 이 무른 마음을 어쩔 수가 없구나. 그런데 마쓰노가 오늘 한 말에 깜짝 놀란 건 나만이 아닐 거야. 다케무라 가문의 사자도 얼마나 놀랐을까. 돌아가서는 이러이러하게 됐다고 말씀도 올릴 텐데, 다른 건 제쳐 두더라도 그분이 나를 업신여길 건 부끄러워. 사이가 좋았던 것도 당연하다, 주종이라는 건 명색뿐이었다고 그분에게 생각될 테니 억울하구나. 이것도 누구 때문일까. 세쓰조 때문이야. 마쓰노의 사심 하나 때문이야. 그렇기는 하지만 그 사자가 돌아가고 나서 세쓰조가 몸을 내던지고 한 말은 지금도 잊기 어렵구나.'

"아가씨께선 다케무라 님에게 마음이 있으셨습니까? 미도리라는 그분을 그럽게 여기셨습니까? 만일 그렇다면 이 세쓰조를 얼마나 밉게 생각하실까요. 하지만 언젠가 하신 그 말씀은 거짓이었습니까? 너만이 나를 저버리지 않는다면 내 평생의 행복이라는 황송한 말씀을 들은 뒤로는 점점 뒤틀리는 마음을 붙잡기 어려웠습니다. 말로 한 건 오늘이 처음이지만, 극진한 마음은 이제 절로 깨달으실 수 있을 겁니다. 인상이 험하고 능력이 남들보다 못하다고 싫어하신다면, 저도 사내입니다. 뜻이 통하지 않는다고 그냥 있겠습니까. 남이 아가씨를 바라보는 데 질투가 나서 문득 꽃에 폭풍이 부는 그런 무서운 마음도 저도 모르게 일어난 걸까요? 용서해 주십시오."

'사랑했기에 오히려 충의로 단련한 육척 거한이 그렇게 몸을 떨며 울던 그 모습을 떠올리면 내 죄는 너무나 깊구나. 여섯 살이던 옛날에 부모님을 여읜 뒤로 내가 이토록 자란 건 누구 덕분일까. 어린 시절의 마음 그대로 삼가지도 않고 가까이서 따르며 그 철석같은 마음을 움직인 건 역시 마쓰노의 잘못이 아니라 내가 부주의한 탓이야. 만일 지금 내가 마쓰노를 버리고 다케무라 님이든 누구든 그 사람을 기댈 곳으로 정한다면 가엾게도 세쓰조는 분명 몸도 미치고 말겠지. 내 행복을 찾는다고 애석한 충의의 몸을 세상의 웃음거리로 만들어서야 될까. 그렇다고 마쓰노한테도 따르기 어려운 노릇이니 도대체 어떡하면 마쓰노는 마음의 헤맴에서 깨어나고 다케무라

님께도 내 결백을 밝힐 수 있을까. 어느 쪽이든 간에 미운 사람이 한 명 있었다면 이토록 가슴앓이는 하지 않을 텐데, 부질없는 신세구나.' 이렇게 생각하며 고개를 들자 하늘에는 달빛이 맑게 보였다. 팔을 괸 원창 밑에서 무엇을 속삭이는 것일까. 바람에 울리는 싸리 잎 스치는 소리. 자신을 험담하는 것일까. 너무도 부끄러웠다. 내다보는 꽃밭은 밤의 비단을 달에 뽐내고, 굴러떨어지는 백옥 같은 이슬은 눈부시기만 하다. '생각해 보면 누구나 사라지는 세상인데 내 몸 하나를 없는 걸로 삼으면 무슨 걸림돌이 있겠어. 내가 쓰라린 세상이 싫었던 건 어제오늘 일이 아니야. 예전부터 버리기를 바랐지. 한숨지을 일이 아닌 거야.'하고 이토코는 상긋 웃으며 유유히 종이와 벼루를 꺼내 먹을 갈고 붓끝을 고치며 술술 편지를 써 내려갔다. 누구의 손에 떨어져 내일을 추억 삼을까, 이별의 명필.

여름 장마

1

연못에 피는 창포붓꽃과 제비붓꽃. 거울에 비치는 듯 닮은 두 송이 꽃의 보랏빛은 어느 하나가 짙고 옅은 것도 없었다.[13] 흰 머리끈을 묶은 분킨시마다[14]도 취미는 같다. 종이 머리 장식의 벚꽃 무늬가 담백하게 색을 머금은 자태에는 고하가 없고 마음에 격의가 없어 앙숙인 자매가 창피하게까지 생각하니 물과 물고기와 같은 사이리라 짐작된다. "아가씨가 없으면 저는 어떡하죠?" "아냐, 네가 더 소중해." 이렇게 서로 기대기도 기둥이 되기도 했는데, 소나무 우듬지에 등꽃이 내려

---

13 창포붓꽃과 제비붓꽃은 둘 모두 아름다워 우열을 가리기 어렵다는 비유로 쓰인다.

14 文金の高髷. 시마다는 대표적인 일본발의 하나로 주로 미혼 여성이 했다. 빗어 넘기는 머리 모양이나 머리 위쪽에서 머리를 묶는 높이 등에 따라 다양한 파생형이 있다. 분킨시마다는 일반 시마다보다 머리 뒤에서 묶는 지점을 높게 잡아 감아 올린 우미하고 화려한 머리 모양.

않는 이러한 주종 사이가 어디에 또 있으랴. 나시모토 아무개라는 부호의 딸인 유코라는 미인은 얼굴이 희고 갸름했으며 눈썹은 봄 안개가 아른거리는 먼 산 같았다. 꽃으로 치면 무엇이냐는 비유를 들기도 성가시지만, 2월쯤에 피는 담홍색 매화꽃에 담설(淡雪)이 앉았다고나 할까, 하여간 무엇인지는 모르겠으나 짙지 않은 백분과 은은한 입술연지 화장을 고상하다고 좋아하는 사람들이 있었다. 열아홉 살이라고는 하나 심창(深窓)에서 자랐기에 온실 속 화초와 같았다. 세상의 바람은 몰랐지만 솔바람을 울리며 거문고를 타느라 긴 봄날을 짧게 느끼며 지내는 마음은 참으로 누긋했다. 때는 꽃 떨어지는 3월 그믐. 꽃이 지자 휩쓰는 세찬 아침 바람에 정원에는 흰 천이 펄럭이듯 눈보라가 일었지만, 소맷자락이 과연 시리지 않고 나비 날개가 햇살에 환하게 비친 우후(雨後). 젖은 툇마루에서 집고양이 다마를 가볍게 안아 방울이 달린 목줄을 새로 채워 주고 있는 사람은 몸종 오야에로, 나이는 유코보다 한 살 어렸지만 한쪽 보조개의 애교는 지지 않았다. 누구를 떠올리며 싱긋 눈웃음을 짓다 오야에는 다마를 놓치고는 퍼뜩 뒤돌아보며 얼굴을 찌푸렸지만 다시 짐짓 호호 웃으며 "아가씨, 잠깐 봐 주세요. 몸짓이 웃겨요." 하고 재미있다는 듯이 권했다. 무엇 때문인가 싶어 나온 유코는 "너는 어째서 그런 게 웃기니. 나는 아무렇지도 않은데." 하며 고민스러운 듯이 새끼 고양이가 재롱을 부리는 것에는 눈길도 주지 않고 정원을 멍하니 보았다. "아가씨, 오늘도 기분이 안 좋으세요?"라고 하자 유코는 "아니, 그런 건 아니지만 아무래도 여기가……." 하며 가슴을 눌렀는데, 그 속에는 과연 무엇이 있을까. 생각을 들키고 싶지 않아선지 유코는 말을 돌렸다. "야에야, 물어볼 게 있어. 너는 봄에 보이는 예쁜 새 중에 뭐가 좋아?" "참 엉뚱한 걸 물으시네요. 그건 사람 마음에 따라 다르겠지만 저는 북쪽으로 돌아가는 기러기가 마음 쓰여요." "참, 별나구나. 도쿄의 봄을 보지도 않고 떠나는 무정한 새가 너는 좋니. 가엾다고 하면 깊은 산에 숨은 꽃의 마음이 분명 그럴 것 같아. 세상도 모르고 사람들도 모르는 채로 폈다가 지는 게 과연 본뜻일까. 같은 폭풍에 불려도 좋아하는 사람 집에 펴서 그 사람이 좋아해 준다면 져도 한은 없을 거야. 골짜기를 흐르는 물이 없다면 흘러나와 알려질 기대도 없지. 아, 얼마나 슬프건 헛된 일이고 고통인 거야." 하며 유코가 도리어 웃자 오야에는 "그래도 아가씨는 꽃의 마음을 잘 아시잖아요. 제가 기러기를 좋아하는 이유는 저도 잘 모르겠지만, 새벽달 아래 꽃 피운 동산과 봄비 내리는 밤중의 잠자리에 울음소리를 남기며 떠나가는 모습이 가슴에 사무쳐 슬프기도 쓸쓸하기도 해요. 그래도 가을에 다시 온다는 약속을 생각하니 미덥기도 하고요. 고향으로 돌아간다고 생각하니 돌아가신 어머니가 떠오르네요." 하며 몹시 풀죽었다. "그것도 당연하지. 나도 유모님을 조금도 잊지 않아서, 지금도 계셨다면 응석을 부렸을 텐데 싶어 늘 그리운데, 자식 된 몸으로는 얼마나 허전하고 슬프겠냐만, 나는 모자라나마 네게 힘이 돼 주고 싶어. 언니로 생각하라고 부탁하는 건 우습겠지만 나이가 위라서 하는 약속이란다. 늘 하는 말이지만 나는 정말로 너를 친동생으로 생각해." 하고 유코가 위로하자 오야에는 "인연이 있기에 부모님뿐 아니라 저까지 돌고 돌아 다시 받는 은혜는 정말 너무나 커서 말로 다할 수 없는데, 아가씨의 다정함은 가슴에 사무쳐 잊을 수 없을 거예요. 죄송스럽게도 주인님께 삼가는 것도 없고 새내기라는 분수도 잊고, 하고 싶은 말은 제멋대로 다 하기만 하네요. 부모님한테라도 이보다 더하지는 않겠죠. 하지만 분한 건 제 둔한 천성이에요. 아가씨는 결코 제 얘기를 들어 주시지 않겠죠. 저를 특별히 봐주고 계시다는 걸 알면서도 한을 하소연하지도 못하는 못난 처지가 원망스럽네요." 하며 기쁜 얼굴로 이야기하다 무릎에 눈물을 뚝뚝 흘렸다. 이 모습을 유코는 수상하게 지켜보다 "아예야, 뭐가 마음에 걸려 생각지도 못한 한을 쌓아 두고 여봐란듯이 하고는, 무슨 격의를 품어 숨기고 있는 거야. 어머니께 하지 못한 말도 내게는 끝내 다 얘기했으면서. 그런 말을 듣는 건 오늘이 처음인데, 대체 무슨 생각이야." 하고 말했다. 그런 얼굴을 오야에가 가만히 올려다보자 유코가 다시 말했다. "이거 봐. 그게 바로 격의를 품은 거잖아. 왜 그렇게 숨기는 거니. 나를 언니로 여긴다는 건 거짓말이었어?" "거짓말은 아니지만 숨기다니 뭘요?" "그럼 나부터 말해야겠구나. 깊은 산에 핀 꽃의 마음을." 이 말에 오야에가 싱긋 웃자 유코는 "어? 웃으면 말 안 해 줄 거야." 했다.

2

그리워함은 외줄기 길처럼 똑바르지만, 여름에 손으로 잣는 실이[15] 흐트러져 괴로운 것은 사랑 때문일까? 유코는 원

---

15   아래 와카에 근거.
     여름에 실을/손으로 자아내듯/되풀이하여/소문이 무성해도/헤어지잔 말만
     은 ―「고킨슈(古今集)」 사랑④

래 아는 체하지 않고 점잖았지만 머리는 좋았기에 만사의 이치는 확실히 가렸는데, 가슴에 먹구름을 안고 답답하게 지내는 것은 오야에만이 꿰뚫고 있었다. "저도 근심이 없는 처지가 아니기에 남이 그래도 슬플 텐데, 아가씨와 보통이 아닌 주종 사이인 데다 같은 젖을 먹은 저는 오죽할까요. 산천을 넘어 멀리 떨어진 고향에 살던 그 시절에도 어머니는, 동쪽으로는 발을 뻗고 눕지 마라,[16] 받은 은혜가 여차여차하고 엄마 때는 하사품도 받았으니 너도 잊으면 안 된다는 이야기를 잠자리에서 하셔서 어린 마음의 애초부터 가슴에 새긴 주인님이시니. 더구나 불행이 잇따르고 기댈 사람도 없이 부초처럼 떠다니는 고아였던 저는 힘으로 기댈 게 달리 없었어요. 그래서 여자답지 않게 겁도 없이 도쿄 땅에 가기로 마음먹었죠. 그 목적에는 다른 사정도 있었지만 일이 생각대로 되지 않아 찾아갈 사람을 바꾸었고, 아가씨를 찾지 않은 것은 아니지만, 제 처지가 부끄러워 제가 먼저는 찾아갈 수 없는 주인님 댁에서 이렇게 다시 거둬 주셔 두 번의 은혜가 있는 가운데서 특히 아가씨의 자애는 산봉우리보다 높고 바다보다 깊게 느끼고 있어요. 가슴이 아프네요. 누구를 그토록 생각하시기에 고생 없는 처지에 고생을 하시는 걸까요. 저는 새내기라 사정도 잘 모르고 아가씨한테만 붙어서 일해 댁에 드나드는 분들도 많이 알지 못해요. 상상으로는 '저 사람 때문일까.' 하며 보이는 사람도 없지 않지만 좋아하는 건 사람마다 다 다르잖아요.

16 일본에서 감사와 존경의 뜻. 한편 '동쪽'이라고 한 것은 도쿄에 대해 오야에의 고향이 서쪽에 있기 때문. 작중에는 언급되지 않지만 이치요 선조의 고향인 야마나시현이 연상된다.

뭐가 마음에 스몄는지 말하지 않고 고민만 하시니, 분명 황매화가 심긴 땅을 흐르는 물이 끓어올라[17] 가슴이 괴로우시겠죠. 말하기 조심스러우시겠지만 그것 때문에 혹시 병이라도 드신다면 기운을 되찾기 힘드실 거예요. 그분이 누구신지는 모르겠지만 저는 그 사랑을 꼭 이뤄 드리고 싶어요. 아가씨 정도의 신분이라면 이 세상에서 괴로움도 근심도 없이 마음 편하셔야 할 텐데, 어떻거나 세상은 참 괴롭네요." 하며 제 처지보다 가엾게 여기며 성심껏 위로하자 유코는 진심으로 믿음직스러워 "깊게 물든 첫 벚꽃의 색이 옷에는 드러나지 않겠지 하며 감춘 건 네게 격의를 품어서는 아니란다. 있는 그대로 털어놓고 싶다고 생각해 몇 번이고 목구멍까지는 올라왔지만, 창피해서 그만 말문이 막히고 말았지. 너는 얼마 전에 들어와 본 적은 없겠지만, 다른 하녀들은 뒤에서 이름은 부르지 않고 미쓰우지[18] 님이라고 하더구나. 아주 멋진 분이시지. 거기에 마음이 끌린 건 아니지만, 그분은 아버지와 둘도 없이 친해서 부끄럽게도 내가 직접 차를 내 드린 적이 있단다. 그런데 그 뒤로 고민이 심해져 이제는 찻종지만 닦아도 마음이 차분해지지 않게 되었다. 참으로 용모와 다른 올곧은 기상이라느니 요즘 세상의 젊은이로는 드물다느니 하며 아버지께서 칭찬하실 때마다, 날더러 하시는 말씀도 아닌데 얼굴이 빨

---

17 아래 와카에 근거.
    마음에서는/땅을 흐르는 물이/끓어올라도/말없이 사모함이/말함보다 더 낫
    네. —『고킨로쿠조(古今六帖)』잡사(雜思)
18 光氏. 류테이 다네히코(柳亭種彦, 1783~1842)의 통속 소설 『니세무라사키이나
    카겐지(修紫田舍源氏)』의 주인공. 『겐지 모노가타리』의 세계를 혼란한 무로마
    치 시대로 번안해 그려 낸 것으로, 미쓰우지의 여성 편력이 주된 내용이다.

개져 그 자리에서도 견디지 못했지만 그리움의 정도는 늘어만 갔지. 하지만 네게조차 말하는 건 처음인데, 말하지 않은 마음은 그리지 않은 그림이나 마찬가지잖아. 내 마음을 그분이 보셔서 알 리 없으니 혹시나 하는 기대도 없구나. 네가 비웃을지도 모르겠지만 처음 좋아했을 때부터 이 바람이 이뤄지지 않는다면 평생 혼자 살아갈 마음을 굳혔단다. 괴로움으로 보낼 세월 동안, 차라리 마음을 태우다 죽어 버리고 싶구나. 목숨이 부질없이 붙어 있어 봤자, 아무리 아름다운 부인을 맞이하신다고 해도 귀여운 아이가 태어난다고 해도, 그 소식을 들을 처지의 괴로움이 생각나는구나."라고 하며 울음을 터뜨렸다. 오야에는 슬픈 얼굴로 다가와 "아가씨, 왜 그렇게 약한 말씀을 하세요. 제가 원래 우둔해서 얘기해 봤자 소용없다고 생각하셨기 때문인가요? 익숙하지 않은 일을 시키셔도 저는 최선을 다할 거예요. 상대분이 아무리 무정하시다고 해도 마음이 전해지지 않을 수는 없어요. 제가 어떻게든 해서 바람을 꼭 이뤄 드릴 테니까요. 너무 속으로만 앓아서 요즘 안색도 나쁘셨던 거로군요. 병에라도 드신다면 주인어른과 사모님께선 더 걱정하실 거예요. 이런 말씀을 드리는 건 무례겠지만, 누이로 생각한다는 자애로운 말씀을 듣고 저는 언니를 얻은 마음이 들었어요. 아가씨가 소중한 만큼 아가씨를 걱정하지 않을 수 없으니 좀 불길하네요. 대체 무슨 일이세요. 평생 혼자 살겠다느니 죽어서 고민을 벗어나고 싶다느니, 그런 막다른 마음은 절대 품지 마세요." 하고 달래며 눈물을 글썽였다. "용서해 주렴. 너까지 가슴 아프게 하고 엉뚱한 고민에 마음을 쓰게 하는 건 내가 생각해도 분하구나. 그래도 그분을 어째서 단념하기 어려운지는 말하지 않고 그만둘 결심이었는데, 네 친절한 말을 듣다 보니 평소 삼가던 것도 없어졌네.”라고 하며 유코는 점점 덮쳐 오는 나약한 마음에 목이 메어 조금 뜸을 들이다, “경솔한 말이라 놀랍기도 하겠지만 내 평생소원이란다. 나의 이 마음을 전해 주지 않겠니. 기쁜 대답을 듣고 싶다는 생각은 조금도 없지만, 누구 때문에 내 목숨이 짧아지고 있는지 확실히 알릴 수 있다면 소원이 없겠구나.” 하며 몹시 풀죽었다. “또 그런 말씀을. 아가씨께서 이러이러한 마음이라고 전해 드리면 분명 좋은 대답이 올 거예요. 이제 더는 끙끙 앓지 마세요.” “아니, 아니야. 그건 네가 몰라서 하는 말이야. 스기하라 님은 그런 유약하고 방탕한 분이 아니라, 말씀드리고 나서가 걱정이구나. 발칙하고 헤픈 여자로 보고 화내시면 어떡하지?” “그건 너무 앞서 나간 고민이세요. 목석처럼 보여도 설마 그 안에 마음이 없을까요? 무정한 말씀을 주실 리 없어요. 근데 좋아하시는 분이 스기하라 님이시라고요? 이름은 어떻게 되세요?” “사부로 님이란다. 요전에는 마침 네가 집에 없을 때 오셨지. 간발의 차이로 엇갈려 나가셨으니 너는 당연히 모를 거야.” 이렇게 말해 두고 유코는 오야에의 얼굴을 살피며 “이 바람이 이뤄진다면 평생의 은혜로 삼으마. 장황히 말하지 않은 내 마음은 바로 이거란다.” 하고 부탁했다. 그 얼굴에는 희색이 드러났다.

3

  ‘종다리가 날아오르는 보리밭을 비스듬히 내다보며 언덕의 제비꽃을 다퉈 꺾던 옛날에는 무슨 괴로움이 있었을까. 들판의 시내 주변에서 국화꽃을 꺾겠다며 외줄기 흐름에 발을 담가 건널 때, 나는 훨씬 연하였으면서 자깝스럽게도 그분의 소맷자락이 젖는다고 하며 다스키를 매 줬는데, 그걸로 얼마나 남들한테 비웃음을 샀는지 돌이켜보니 오히려 그 시절이 부럽구나. 그분이 도쿄로 돌아가고 나서 불행이 이어진 탓에 가산을 다 날리고, 부모님께서 잇따라 병으로 돌아가시며 음력 10월에는 괴로운 일이 거듭되었지. 이 비를 맞고는 침착하던 나도 마음이 가라앉았는데, 이런 내게 군수 아들이 사소한 은혜를 베풀고는 말도 안 되는 부탁을 했어. 바로 싫다고 말하고 싶었지만 여자 몸으로는 그럴 수도 없어 한 귀로 흘리며 듣다 끝내는 돈을 주겠다, 첩이 돼라, 나중에는 아내로도 삼겠다는 분하기 짝이 없는 말을 들을 때마다 그분이 그리워져, 어느 어두운 밤을 틈타 나는 고향을 떠났지. 도쿄에는 겨우 왔지만 짚이는 게 없으니 어디로 가셨는지는 더욱 알 수 없어 여러 힘들고 괴로운 일도 겪었고. 그래도 다시 만났을 때는 이게 칭찬거리도 되겠지 하며 내심 즐거워하면서, 천한 일을 하고 있어도 몸은 깨끗하다, 몸가짐만 더러워지지 않으면 된다고 생각하며 도시 여자들이 비단옷을 입은 가운데서 무명옷에 삿갓, 각반을 차고 다녔어. 부끄럽게도 여자의 몸에 어울리지 않는 과일 장사를 한 것도 오로지 먹고살기 위해서가 아니라, 소문을 듣고 싶다, 찾아가고 싶다는 일심에서였는데, 인연이 참 묘하게도 값을 깎는 분이 있어 불쑥 검은 담장을 두른 집 안에 불려 들어갔지. 부엌간에서 돈을 받을 때, 나중에 들으니 학당에서 돌아오시던 길이었다나, 하여간 아가씨가 타신 인력거가 기세 좋게 대문 안에 들어온다고 해서 나는 나가려고 했는데, 그때 나와 엇갈리며 어디에 부딪혔는지 내가 꽂고 있던 빗이 인력거 앞에 떨어졌지. 그런 줄 모르고 그냥 지나가 버렸으니 그게 어떻게 견뎠겠어. 산산이 부서지며 땅에 원망을 남겼지. 아가씨께선 그걸 보고 미안해하시며, 부서진 건 자기에게 달라, 대신 다른 걸 주겠다고 하셨지만 애초에 떨어뜨린 건 내 잘못이다, 밟고 지나는 것도 당연하다, 부서져도 원망은 없다, 더구나 다른 걸 바라는 마음도 없다, 이건 돌아가신 어머니의 유품이라 남한테 줄 수 있는 게 아니라고 하며 나는 조각들을 모아 품속에 넣었어. 그걸 아가씨께선 몹시 가엾게 여겨, 그럼 어머니가 안 계신다는 말이냐, 불쌍하구나, 일단 정원을 통해 내 방에 가자, 네 얘기라도 듣고 싶구나 하며 나와 함께 갔지. 지금은 눈에 익은 멋진 다다미방, 정원의 풍취를 보고 내가 화족인가 하며 심상찮게 여긴 건 어쩌면 아가씨의 언행과 용모 때문이었을까? 그 아름다우신 아가씨께선 친절하시게도 여자들끼리는 피차없다는 다정한 말씀을 하셨지. 나도 자꾸 마음이 들뜨는 한편 찾고 있는 사람이 있다고는 밝히지 않았지만, 많은 얘기를 나누다 아가씨께선 네 어머니는 이러이러한 사람이 아니냐는 뜻밖의 물음을 주셔서 나는, 정말로 그렇다, 어떻게 아시냐고 하자 아가씨께선 잊어서야 되겠느냐, 너와 나는 자매다, 내가 바로 나시모토 유코라고 하며 내 손을 잡고 기뻐하셨지. 그럼 그쪽이 우리 어머니가 젖을 드린 분이었느냐, 뵙게 돼 기쁘지만 영락한 처지가 부끄럽다고 내가 울음을 터트리자 아가씨께선, 영고(榮枯)는 한때인데 한숨지을 일이냐, 다 내게 맡겨라, 힘들게 하지 않을 테니 오늘부터 우리 집에서 일하지 않겠느냐, 어머니께는 내가 부탁드리겠다고 하며 놓지 않으셨고, 사모님도 아무쪼록 잘 부탁한다고 말씀하셔서 그대로 고용살이를 하게 됐지. 도쿄에 익숙하지 않아 전부 서툴렀지만 아가씨께선 이것저것 보이지 않게 신경 써 주셔서 먼저 있던 하녀들도 깔보지 않았어. 어제의 나를 잊은 듯한 편한 처지가 된 건 다 아가씨의 배려 하나 덕분이야. 이 은혜를 무엇으로 갚아야 할까? 그분을 만나게 된다면 두 사람 모두에게 진심으로 이야기 상대가 돼야 하겠지만, 그분 앞에서는 또 무엇에서든 조심스러운 게 나은데. 과연 생각이나 했을까? 아가씨께서 요즘 죽을 듯이 고민하며 그리워하시는 분이 다름 아닌 스기하라 사부로 님일 줄이야. 미와산의 기슭에 표시는 없지만[19] 내가 찾던 사람임을 아는 슬픔. 이를 모르시니 아가씨는 몸종인 내게 엎드려 절까지 하며 부탁하셨겠지. 아가씨를 딱하게 생각하지 않는 건 아니지만, 어떻게 그 사람을 주선해 줄 수 있을까. 알겠다고 말하고 일어나긴 했지만 이 편지에는 무슨 글이 어떻게 써져 있을까? 겉봉에 써진 '상록수 같은 그대에게 올림'이라는 건 '무정한 그대에게'라는 뜻일까? 바위틈을 흐르는 맑은 물처럼 불안하게 쓰기는 하셨지만 글씨는 참 곱구나. 용모는 물론 말할 것도 없고. 마음씨로나 학문으로나 모자람이 없는 분의 사랑을 받고 설마 싫다고 말하지는 않을 거야. 나는 산골에서 자란 처지라 여기에 견줄 생각은 없지만 여태 힘들게 고생한 건 뭐 때문이었지? 만나려는 그 한마음으로 수없이 빌었는데, 이제는 코앞에 만날 날은 오고 있지만 만나는 게 오히려 슬픈 일이 됐구나. 아가씨의

---

19 아래 와카에 근거.
    나의 초막은/미와산 밑에 있소/보고 싶다면/한번 찾아오시오/삼나무 옆 문이
    오 ― 「고킨슈」 잡⑪
    '스기(杉)'에서 '삼나무'를 연상한 것. 한편 미와산은 현재의 나라현 사쿠라이시
    북부에 있는 산.

은혜는 태산처럼 높지만 그게 정말 대수로운 것일까. 설령 창해에서 진주알을 찾으라고 하셔도 나는 거기에 거스르지 않겠지만, 내 연인을 아가씨께 주선해 주는 일은 어떻게 해도 할 수 있는 일이 아니야. 은혜는 은혜고 이건 이거지. 차라리 편지를 전한 체하고 이대로 내 바람을 이뤄 버릴까? 아냐, 아냐. 그건 도리가 아니야. 그럼, 사실 그분과 내가 이러이러한 사이였다고 밝히면 아가씨는 납득이 되실까? 털어놓으면 나야 좋겠지만, 그토록 마음에 두셨으니 아가씨도 '정 그렇다면.' 하고 단념이 서실 리는 없지. 내 바람이 이뤄진다고 해도 지금의 아가씨 마음을 알고 있으니 이래도 괴롭고 저래도 괴롭구나.' 이렇게 망설이다 오야에는 제 마음도 황혼의 하늘빛으로 물들였다. 곰곰이 그 풍경을 바라보자, 내일도 날이 맑을는지 서쪽 하늘에만 다홍빛 구름이 가로 뻗어 있었다.

4

　남자든 여자든, 스님이든 동자든 아름다운 사람이 좋다는 것은 어느 호색한의 말이었을까. 스기하라 사부로라는 사람은 풍채가 맑고 행실이 고상해 누구에게나 미남으로 보였기에 오히려 죄를 짓는 셈이었다. 자기 때문에 두 사람이나 같은 고민에 괴로워하는 줄도 모르고, 떡갈나무 어린잎의 이슬이 바람에 떨어지는 저물녘에 산보하는 김에 '나시모토 집안의 딸이 아파서 별장에서 쉬고 있다던가? 병문안을 가야겠구나.'라고 생각하며 사립문을 열고 찾아왔는데, 오야에는 이때 스기하라를 처음 보았다. 만나면 백 마디고 천 마디고 할 말이 있었지만, 오야에는 근심도 괴로움도 가슴에 삼키고는 유코에게 받은 은혜 때문이라고도, 자신과 유코의 의리 때문이라고도 말하지 않았고, 차오르는 눈물도 남의 일처럼 삼키며, "참 가여우세요. 아가씨께서 요사이 앓고 계신 건 다른 이유가 아니에요. 점잖은 성격이라 말씀을 하지 않으시니 더 가엾네요. 아가씨의 마음은 제가 쉽게 말씀드릴 수 있는 게 아니에요. 이 편지를 보시면 알겠지만, 당신이 만일 무정한 답을 보내신다면 아가씨는 저렇게 계시지만은 않을 결심이세요. 그러니 보는 눈이 어떻게 괴롭지 않을까요? 오랜만에 얼굴을 뵀지만 제 바람은 이것 하나입니다. 이뤄 주시면 고맙겠네요." 하며 오야에는 마음먹고 편지를 건네주었지만 눈물은 뚝뚝 무릎에 떨어졌다. '의리라는 게 세상에 없었다면 하고 싶은 말이 무척 많다, 헤어지고 나서 어떤 고생을 했고, 어떤 때는 엉뚱한 사람이 다가와 도망갈 데가 없을 때에 정조는 무거워도 목숨은 거위 털처럼 가볍게 생각하고는 눈 날리는 밤에 손에 칼을 쥐기도 했고, 어떤 때는 행방을 도저히 찾다 못해 원망이 깊어진 나머지 스미다강에 뛰어들 각오도 했지만, 천 가닥도 아닌 한 가닥의 미련에 잡혀 만날 날을 기다리다 끝내 오늘까지 왔다고 말하고 싶지만, 아가씨의 사랑이든 내 사랑이든 깊고 얕음은 따질 수 없지. 차라리 내가 그 말을 하지 않아 복잡한 사정을 모르시는 게 나을 거야. 보은으로 바람을 이뤄드려서 기뻐하시는 모습을 보는 게 내 즐거움이고, 이왕 나를 버리고 주선해 드리는 거니 헛된 생각은 말자. 그래도 스기하라 님의 마음은 어떨지 신경 쓰이는구나.' 이런 생각으로 사부로를 올려다보자 뜻밖에도 그는 가만히 바라보고 있어서 오야에는 부끄러움에 얼굴을 붉히며 얼른 고개를 숙였다. 거망

옻나무 단풍이 아름다운 가을의 산골에서 조초마게[20]를 하고 버섯을 따며 놀던 옛날 모습은 어느덧 나비 꿈처럼 날아갔으니 우아한 도회풍의 자태는 어느 누구에게 뒤지랴. 수심은 머금었지만 비 맞은 패랭이꽃이 사랑스럽게 시든 듯해 고왔다. 사부로가 어떤 마음인지는 알 수 없었지만 하여간 그는 "얕지 않은 아가씨의 마음이 고마워 이 사부로가 기뻐했다고 전해 주려무나. 특히나 네가 사이에 있어 줘 더욱 기쁘니 이 편지는 받아 들고 가야겠다." 하며 편지를 손에 쥐어 품속에 넣고는 "또 보자꾸나." 하며 자리를 일어섰다. '아가씨의 마음을 알아채신 걸까?'라는 생각에 오야에는 기뻤지만 어쩐지 불안하게 일어서는 남자의 얼굴을 살짝 엿보고는 찔끔 나는 눈물을 감추며 "아가씨도 분명 기뻐하시겠죠. 저도 마찬가지예요. 꼭 답장해 주세요."라고 하자 남자는 고개를 끄덕이며 툇마루로 향했다. 처마 끝에 열린 탱자 꽃의 향기가 소맷자락에 뱄고,[21] 어느덧 비친 달빛을 받으며 울타리 주변에서 어린 댓잎이 바람에 살랑거린지라 사부로는 '첫 두견새 소리를 기다릴 만한 밤이로구나.' 하는 생각에 아주 천천히 툇마루를 내려섰다. 그 뒷모습을 지켜보는 사람은 오야에만이 아니라, 유코도 방의 장지문을 살짝 열어서 보았기에 저마다 이루 말할 수 없는 마음이었다. 사부로가 홀로 시치미 떼듯이 길 가며 읊은 한시가 무엇이었는지 다만 들어 보고 싶을 따름이다.

---

20 蝶々髷. 소녀 머리 모양의 하나. 머리 뒤에서 나비가 날개를 펼친 것처럼 머리를 좌우로 나눠 묶는다.

21 아래 와카에 근거.
오월 기다려/피어난 탱자 꽃의/향기 맡으니/그 시절 옛사람의/소매 향이 나누나. —「고킨슈」 여름

'답장을 기다리는 나날 동안 기쁘면서도 걱정스러운 표정인 야에한테 삼갈 건 없지만, 또 그 말이냐고 여겨지기도 창피해 묻지 않고 꾹 참고 있다. 혹시나 하며 기대하고 있지만 어떻게 될지는 알 수 없는 일이야. 야에는 괜찮을 거라 말했지만 그건 그때뿐인 위로겠지. 애초에 편지를 받아 들기나 하셨을까? 그 자리에서 무르셨는데 나를 낙담시키지 않으려고 야에가 겉꾸미고 있는 건 아닐까? 아니, 야에는 그럴 리 없어. 사람을 의심하는 건 큰 죄야. 하루 이틀 기다려 달라, 분명 좋은 답이 올 거라는 말은 틀림없을 거야. 혹시 정말 그렇게 되면 어떡해야 할까. 야에는 내게 둘도 없는 은인이니 무엇이든 맘에드는 일을 해서 기쁘게 해 주고 싶구나. 나이는 나보다 어려도 분별이 있는 아이라 말수가 적으니 바람은 있는지 희망은 있는지 알기 어려운데 어쩌면 좋을까. 그나저나 막상 시집을 가면 나를 대하는 야에의 태도가 지금과 달라지지는 않을까? 내가 마음에 들면 좋겠지만 내 모습에 질려 버리면 슬픈 일이야. 그런데 우선 그것보다 알 수 없는 건 답장 소식이구나. 보기는 하셨지만 그대로 구겨 버리진 않으셨을까? 오히려 기분을 상하게 해 정이 떨어지는 씨앗이 되기라도 하면 말하지 못하고 있을 때보다 더 괴롭겠지만, 그분이 아무리 무정하다고 해도 내가 좋아하는 마음에 둘은 없어. 불효인지는 모르겠지만 아버지, 어머니께서 어떤 말씀을 하신다고 해도 과연 내가 전혀 낯선 사람을 남편으로 맞이할 수 있을까? 야에는 평생 남편은 갖지 않겠다고 했으니 나하고는 전혀 달라 걸리는 것 없이 마음이 편하겠구나. 부러워라.'라고 생각하며 유코는 자기가 부

러움을 받는 줄도 모르고 한숨지었다. 한편 오야에는 곰곰이
지난날의 일을 생각하며 '남자 마음은 믿기 어렵지. 나는 주선
하는 처지에서 일이 잘되는 건 기쁘지만 '유코 양의 마음은 잘
보였다. 이 사부로가 기뻐했다고 전해라.'라고 한 건 너무한
처사인데, 그것을 옛날을 잊은 말로 생각하는 건 내 시샘 때문
일까? 주군을 위해선 목숨을 버려 충의를 다하는 사람도 있는
데, 나 하나만 괴로움을 견딘다면 아무 탈도 없을 거야. 아가
씨는 아무것도 모르시고 나를 얘기 상대로 삼아 주고 계신데
원망하는 건 너무나 무서운 죄야. 다 남김없이 잊어버리자. 아
무렴 2대에 걸쳐 주인으로 모시는 은혜이니. 스기하라 사부로
라는 사람은 이제 원래 알던 사람도 아닌 거야. 더구나 언약도
무엇도 없잖아. 요전에 한 번 얼굴을 봤을 뿐이지. 게다가 주
인님의 연인에게 미련을 가질 수는 없어. 일이 순조롭게 풀리
고 정답게 사시는 걸 보는 게 내 즐거움의 전부야. 하지만 내
가 바람이 없다고 해서 평생 이 집안에서 일하며 종일 두 분
의 시중을 들고, 또 아기가 태어나 안아서 돌봐 주며 무엇에서
든 내 마음을 탓하며 내가 과연 모실 수 있을까? 그건 아무래
도 할 수 없는 일이구나. 뭐가 어떻든 쓰라린 세상이니 사람
이 찾아오지 않는 깊은 산골짜기에 틀어박혀 솔바람에 귀를
기울인다면 좋겠지만, 그분한테서 얼굴을 돌리고는 그렇게도
하기 힘들겠지.' 하고 절절히 한숨지었지만 누구에게 보일 눈
물이 아니었기에, 한쪽 얼굴에 쓸쓸히 미소를 만들어 고민에
빠진 주인을 위로했다. 하지만 자기가 먼저 흐트러지는 순채
의 사랑은 괴로운 것일까.[22] 과연 그러한 것인지 유코는 안개

---

22 아래 와카에 근거한 것으로 추정.

속에 있는 사람의 소식을 기다린다고는 말하지 않고 "스기하라 님은 스물넷이라고 하셨던가? 나이보다는 성숙해 보이시더구나. 너는 어떻게 생각하니." 하며 두루뭉술하게 물어보곤 했는데, 과연 그 마음이 통했는지 어느 날 오야에는 싱긋 웃으며 "아가씨, 기뻐하실 일이 있어요. 맞혀 보세요!" 하고 오랜만에 장난스러운 말을 했다. "너무 막연해 짚이는 게 없네." 하며 유코가 미소 짓자 오야에는 "그럼 단서를 조금 말씀드릴게요. 아가씨께서 무엇보다, 무엇보다 기쁘게 생각하실 일이 있을 거예요." 하며 쉽게는 말하지 않았다. 그것인 줄은 알았지만 유코는 짐짓 모르는 얼굴로 "야에야, 평소 같지 않구나. 먼저 말해 줘도 되잖아." 하며 원망하자 오야에는 "그렇게 너무 서두르지 마세요." 하고 웃으면서 "그분에게서 답장이 왔어요. 이게 기쁘지 않은 일일까요?" 하고 속삭였다. 귀가 확 빨개지며 가슴이 두근거려 유코가 소맷자락을 물고 있자 오야에는 그 아래로 살짝 봉서를 내밀었다. 당장은 손에도 쥐지 않는 모습을 살피고 권하다가 끝내 오야에는 자기가 봉을 뜯었는데, 안에 있는 것은 편지가 아니라 한 장의 조붓한 종이였다. 두 사람 모두 그 구름이 배경에 그려진 종이를 보았다.

무성히 자란
어린잎에 눈이 먼
헤맴이구나
보아야만 할 텐데

긴 순채처럼/괴로워하고 있을/그대보다도/내가 더 깊이 자라/어쩔 도리도 없네. ──『슈이슈(拾遺集)』사랑④

의미가 담긴 곳은 어디일까. 멍하니 어두운 어린잎의 그늘. 헤맴은 더욱 무성히 자라기만 할 뿐, 갤 기미가 없는 하늘에 뜬 달과 같은 각자의 생각으로 헤아려 보았지만 어느 쪽이 진의인지 가리기 어려우니 기뻐해야 할지 한숨지어야 할지 알 수 없는 노릇이었다. 오야에는 오야에대로, 유코는 유코대로 이렇게 답하지 않는다면 어떻게 하겠다는 결심이 서로 확고했지만, 전혀 생각에도 없던 답장에는 뭐라고 정하고 어떻게 해야 할까. 과연 거친 파도처럼 밀려오는 미련에 종이를 놓고서 보고 들고서 보고, 바라보는 데 질리지 않았지만 오야에가 한숨을 쉬자 '야에는 뭐라고 생각할까.' 하며 유코는 남의 말을 기다려 보았다. 아, 정말이지 알 수 없는 서른한 자로다.

6

이상하게도 사부로의 소식이 뚝 끊겼다. 기다림은 단 하루도 울적한데 묘한 답장을 받은 뒤로 유코는 '오늘은 오시겠지. 아니, 내일은 정말로.' 하는 부질없는 기대를 하는 하루를 거듭하다 열흘을, 보름을, 이윽고는 스무 날을 근심하는 신세로 지내다 음력 4월도 지나 버렸다. 여름 장마가 내리는 철에 날이 자주 습해져 처마의 넉줄고사리는 제 동료를 이끌고 지붕을 뒤덮지는 않았지만, 유코는 연못의 창포붓꽃처럼 뿌리 긴 걱정에 마음이 어두워져 소맷자락을 눈물로 적시지는 않았을까. 이곳 별장은 인적이 드물어 마음에 든다는 사람은 야에 말고는 별장지기 부부밖에 없었지만, 가장 사랑하는 딸이 아파서 본가에서 오는 사자가 끊이지 않았기에 넌지시 스기하라의 소식을 물어보자 본가에도 요즘에는 발걸음이 뚝 끊겼다고 했다. '정말 무슨 일이 생긴 걸까? 내 마음이 어려 느닷없이 편지 따위를 보낸 걸 매우 꺼림칙하게 여기고, 내가 답가를 보내지 않은 것도 한심하다고 생각해 그 뒤로 슬며시 발걸음을 끊으신 걸까. 노래에 담긴 마음은 어찌 된 것일까. 어린잎이 너무도 무성히 자라 지금은 어두울지라도 때를 기다리면 하늘의 달을 볼 수 있으리라는 것이라면 기쁘겠지만, 혹시나 하는 내 바람 때문에 그렇게 보이는 걸까. 오히려 그분이 괴로운 처지라면 내게 믿음이 있는 만큼 몹시 망설이시는 거겠지. 그나저나 소식이 들리지 않는 건 무엇 때문일까. 나를 꺼리시는 거라면 이곳에는 오지 않으시더라도 본가에까지 소원해지신 건 이상하구나. 그토록 꺼리실 정도라면 다정한 말씀은 왜 주셨을까. 야에가 생각하는 것도 창피할 만큼 그때는 기뻤는데, 이대로 뒤돌아보지도 않으신다면 이제는 얼굴도 들기 어렵겠네. 서글픈 일이구나.' 하며 유코는 처녀다운 마음으로 기대를 걸기도, 접기도 했다. 한편 걱정 때문에 마음이 꼬인 실과 같은 야에의 한탄은 또 달라서, '무성히 자란 어린잎이 걸리적거린다고 한 건 나를 두고 하신 말씀이 아닐까. 눈이 멀어 헤매고 있다며 한숨지으셨지만 나는 이미 모두 단념하고 사이에 섰던 거야. 서로 좋아하는 사이인 두 분께 내 평생의 바람도 기대도 맡겼기 때문에 생각을 두는 건 전혀 없는데, 그분은 무엇을 거리껴 이토록 삼가고 계실까. 나는 내 처지를 깨달았기에 원망도 미련도 없어. 두 분이 순조롭게 맺어지는 그날에, 깨끗이 이러이러한 까닭에 정조를 지키겠다는 것만 그분에게 알려진다면 그걸 추억 삼고 살아갈 나인데, 내가 있어서 아가씨의 사랑이 이뤄지지 않는다고 하면 어떡해야 할까. 이 집안에서 나가야 한다는 걸 모르지는 않지만, 의리 때문에 내가 이러는 줄 아가씨가 아신다면 정이 많으신 분이니 남은 어쨌든 나만 좋으면 된다는 말씀은 하지 않으실 거야. 그러잖아도 마음이 약하시니 막다른 각오를 하실 수도 있겠지. 가장 사랑하는 외동딸이라서, 야에야, 아무쪼록 잘 부탁한다며 그 엄격하신 주인어른마저 나 따위한테 말씀하신 건 아가씨가 지극히 소중하기 때문일 거야. 하여간 역시 염려스러운 건 그분이구나. 지난번에 대면했을 때, 여기에 있을 줄은 꿈에도 몰랐다, 고향에서 겪은 일은 나도 들었다, 고생이 이만저만하지 않겠지만 아가씨는 소중히 모셔 달라고 하신 말씀이 귀를 맴돌아 잊을 수 없구나. 내게 그토록 다정하지만 않으셨어도 이렇게 한숨짓지 않을 텐데.' 하며 끊기 힘든 굴레가 괴로워 남이 보지 않는 사이에는 방 안에서 슬픔에 잠겼다. 어느 쪽도 뒤지지 않는 두 미인의 사랑을 받는 처지가 고마울 텐데 무엇을 거리껴 사부로는 소식을 끊고 그림자도 보이지 않는 것일까. 의혹만이 겹쳐지는 와중에 여름 장마의 구름은 걷힐 기미도 없었고, 세상에 질리며 익은 매실이 떨어지는 소리도 공연히 쓸쓸하게 들리는 날이 며칠 이어졌다. 어스레한 창을 보며 지내는 동안 뻐꾸기처럼 울며 바래지 않는 진홍빛 선혈을 옷에 물들인 것은 아니었지만,[23] 어쨌거나 눈물로 소맷

23　아래 와카에 근거.
　　그리워할 때면/도키와산에 사는/뻐꾸기처럼/진홍빛의 선혈을/옷에 물들이며 우네. ─『고킨슈』 여름
　　도키와산은 현재의 교토시에 있는 나라비가오카 언덕 부근이라고 전해진다.

자락의 색이 바뀔 정도로 같은 한탄을 서로 다르게 하는 주종의 고민은 참으로 부질없었다. 그러잖아도 세상을 모르는 유코는 오야에의 기색도 살피지 못해 "가엾구나. 나를 소중히 돌보느라 야윌 정도로 염려한 네 인정은 잊지 않으마. 하지만 아무리 애써 줘도 이뤄질 수 없는 바람이라 생각해 나는 끝내 단념해 버렸단다. 이렇게 됐으니 이제는 아버지와 어머니께 또 다른 청이 있지만, 부모님께든 네게든 한숨을 짓게 하는 게 괴롭구나." 하고 절절히 이야기하며 오야에의 무릎에 얼굴을 묻었다. 숨기지도 않는 그 하소연에 오야에는 이성을 잃고 유코를 부둥켜안고는 말도 없이 울다 "아가씨께 그런 각오를 하게 만들 정도였다면 저도 이 고생은 하지 않았겠죠. 발걸음이 없으신 건 의아하지만 무정한 답장을 받은 것도 아닌데, 성급하게 생각하시는 건 아가씨답지 않으세요. 조금만 더 참아 주세요. 머지않아 어떻게 해서든 꼭 기쁘게 해 드릴게요. 제 일심을 가엾게 여겨 그런 슬픈 말씀은 하지 마세요." 하며 힘이 되어 주었다. 유코가 고마워서 오야에의 손을 잡고 "전생에 우린 무슨 사이였을까. 친자매한테도 없을 배려구나. 이 뒤에도 잘 부탁한다. 앞으로는 특별한 일이라면 뭐든지 네 충고에 따르마. 이제 방금 전과 같은 말은 하지 않을 테니 용서해 주렴."이라고 하자 오야에는 사과를 받기도 황송해, "기다리는 자에게 복이 온다고 하잖아요." 하고 가벼운 듯이 말했지만, 의리는 무거웠기에 눈물에 젖어 무거운 소매는 마를 새가 보이지 않았다. 그래도 끝은 있어선지 오야에는 "오늘은 웬일로 소리개가 지저귀는 데다 비가 그쳐 처마 끝에 맺힌, 이슬에 비치는 햇빛도 새롭게 옥을 닦은 듯하고, 정원의 나무 그늘도 상쾌해 보이는데 집 안에만 있는 건 몸에도 독이겠죠." 하며 여러모로 권하다 "이 근처의 들 풍경과 논바닥의 한적한 초막을 구경하는 것도 정취가 있을 거예요. 보시지 않을래요?" 하고 몹시 부추겨 두 사람은 사립문을 오랜만에 열고 함께 나섰다. 사람 마음의 모호함이란 알지 못하는 무성한 나무들에서 서늘함이 느껴져, 소매에 부는 바람이 가슴에도 불었으면 했다. 눈앞을 온통 메운 논의 볏모는 새파랬고 곳곳에서 울어 대는 개구리 소리는 가지각색이었다. "저것도 노래인가? 재미있네." 하며 웃음 짓는 주인을 보자 자기도 기뻐 오야에는 "저기 보이는 떳집이나 이 울타리는 우리 정원에도 있으면 좋겠어요. 저 꽃은 또 뭘까요?" 하며 종종걸음으로 다가갔다. 한 가지를 꺾어서 한 송이는 주인에게, 또 한 송이는 자기에게 대어 꾸며 보는 것도 기분을 풀어 주는 일이었다. 각자 서로의 마음은 알 수도 없이 논두렁길을 오가며 놀다 어느덧 해가 저물었다. 새도 둥지로 돌아가는 저녁 하늘을 흐르는 구름과 같은 운수승 한 명이 두드리는 월하의 대문은 어디일까. 참 부러운 신세구나 하며 지켜보고 있자 그는 뒤돌아보았고 그 바람에 삿갓이 흘러내렸다. 두 여자는 한목소리로 "어!" 하고 외쳤다.

경상(經床)

1

애처롭게도 헌화 한 송이에 천년의 약속, 만년의 정을 다하며 누구를 위해 정조를 지키며 홀로 사는가. 꽃다움이 그윽한 아까운 아름다움을 지닌 채로 달빛을 등지고 꽃 속에 숨어 세상이 언제인지도 모르는 얼굴로 염주를 굴리고 있어야 어찌 윤회가 이뤄질 수 있으랴. 그 지난 칠석날 밤, 뭐라고 맹세를 하였기에 비익조는 원망을 사고 연리지에는 무상풍이 불어닥치는가. 이곳 고요한 창문 속 책상 위에 있는 향로에서 끊임없이 피어오르는 연기의 주인이 누구냐고 물어 주반 소맷자락에 눈물을 묻히게 하지 않고 그 사정을 듣고 싶다는 바람은 무리일까. 감추었기에 오히려 세상에 드러나는 것은 흔한 일이다.

눈이 뜨이면 꿈의 흔적도 없지만 깨닫기 전에 모두가 다 마음에 둔 것은 평판일까, 그 인품일까. 의과대학의 유명인 '나미자키 학사'라고 하면 영애들은 속발에 꽂은 장미처럼 활

짝 웃고 얼굴을 가리던 머플러를 걷으며 길에서 목례만 할 수
있어도 천세의 명예로 기뻐했으니, 딸을 둔 부모 몇 사람이 서
로 원수지며 자기 사위로 들이려는 것도 무리는 아니다. 본디
사족(士族) 출신으로, 과연 인품이 고상하고 사내다운 풍채는
나무랄 데가 없는 데다 재주와 학식은 말할 것도 없다. 집안으
로 말하자면 시즈오카에는 상속인인 형이 있고 자기는 고이시
카와 친척 집에 얹혀살고 있어 어깨가 가벼운 처지이기에 더
욱 앞날이 기대되었으며, 지금은 외과 조수를 하고 있지만 전
도는 열 손이 가리키는 바였기 때문에 이런 인물을 남에게 빼
앗겨서는 안 된다는 분발이 대단했다. 사윗감이 바닥난 세상
이어선지 훌륭한 화족 집안이나 규수를 둔 고등관 집안, 지참
금을 보내겠다는 대상인 집안에서 제각기 고마치[24]의 아름다
움을 뽐내는 데 시마다를 올린 사진을 보내고 시키부[25]의 재
지를 뽐내는 데 영문을 일역한 글귀를 보냈는데, 그것이 쌓여
책상 위에 산더미 같지만 이 사내는 무슨 바람이 있어선지 부
산 떠는 중매쟁이의 말을 한 귀로 흘려들으니 참 수상한 노릇
이 아니랴. 이에 사람들은 저녁의 유암화명(柳暗花明) 가운데
마음을 들썩이게 하는 데가 있지 않을까 보았지만 행실이 바
르다고 보증하는 사람이 많았기에 소문만 무성하다 말았다.
그래도 수상한 것은 병원에서 퇴근하는 김에 늘 들르는 어떤
집이었는데, 비가 오나 눈이 오나 거기에 인력거를 세우지 않
은 적이 없다며 입정 사나운 차부가 누구에게 말했는지 점점

24 小町. 오노노 고마치(小野小町)는 헤이안 시대 전기의 여성 가인(歌人)으로, 여
    기서는 미인의 대명사.
25 式部. 무라사키 시키부(紫式部)는 헤이안 시대 중기의 여성 작가로, 『겐지 모노
    가타리』의 저자.

퍼지다 급기야 상상의 구름이 그림자가 되고 형체가 되며 여러 소문이 나돈지라 남몰래 애태운 사람도 있었다. 그중에서 특히나 잔걱정이 많은 사람이 은밀히 뒤를 밟으며 이 잡듯이 찾아보았는데, 정말로 등잔 밑이 어둡다더니 혼조 모리카와초라는 데 있는 신사 뒤의 신자카 길목에 몇 굽이로 산울타리를 엮어 놓은 가운데 밀면 열리는 대문에 '고즈키 소노'라는 여자 이름의 문패를 건 집이 있었던 것이다. 거기서 가끔 은은한 거문고 소리가 새어 나왔는데 처마 끝의 매화나무에 앉은 휘파람새도 부끄러워할 아름다운 소리로 봄날 달밤에 어렴풋이 들었다는 사람이 있었다. 여름에 발을 친 너머로 언뜻 모습은 보였지만, 얄밉게도 누구 때문에 아끼고 있는 것일까. 4초메 약사여래[26]를 참배하는 뒷모습은 앳되었다. 누구를 기다리는 얼굴로 대문 앞에 서 있지는 않았지만 이 근방에서는 숨길 수 없는 미인이었기에, "정말 그 학사의 애첩일까. 설령 아가씨인 체한들 신분은 어차피 뻔하다. 그런 여자한테 홀려 농락당하다 마지막에 배신당하지 않으려고 조심하는 모습이 참 우습구나." 하며 구태여 헐뜯는 사람도 있었지만, 이는 사실 질투가 쌓여서 나온 말이었다. 무릇 이런 사람들의 진에(瞋恚)가 불기둥처럼 솟아나며 애꿎은 세상을 놀래는 것이리라.

2

호화로운 검은 담장을 두른 것과 생활 형편은 별개다. 지

---

26 옛 혼고4초메 7번지에 있던 신코지(真光寺)의 경내 약사당에 안치된 불상.

레짐작으로 남을 부러워해선 안 된다. 고즈키 사몬이라는 옛 막신(幕臣)은 그 학사의 부친과는 동료 사이였는데, 유신의 변으로 그는 시즈오카로 가족을 모시고 떠났고, 사몬은 여름 장마 속에서 우에노 전쟁[27]이 치러지던 때, 시라카와구치 전투[28]의 두 번째 결전에서 흐르는 피처럼 붉은 마음을 훌륭히 드러내며 이슬처럼 사라졌다고 한다. 물로 작별의 잔을 나눈 뒤로 사몬의 아내가 낳은 아이가 그 미인이었는데, 불행하게도 나면서부터 홀어머니를 가진지라 매달린 가슴에서 젖은 달게 먹고 자랐으나 아버지라는 맛은 꿈에도 알지 못했다. 철이 들며 양친이 모두 있는 다른 아이들을 부러워해 안타까운 물음을 던지며 모친의 눈물을 몇 번이고 뺏지만, 그러한 모친과도 열네 살 때 덧없이 헤어지며 지금은 몸 하나뿐인 비참함. 그 학사가 우연히 모친의 병상에 불려 와 애쓴 것을 계기로 그로부터 계속 왕래를 했는데, 그때마다 가엾다는 생각이 거듭되어 도저히 내버리고 돌아설 수 없었다. 아이가 말괄량이에다 금방 원래 기분으로 돌아오는 성격이었다면 모르겠지만, 세상이라고 하면 대문 바깥도 내다보지 않으며 "엄마 없는 목욕탕에도 안 갈래요. 관음전에 참배하러 가기도 싫어요. 연극도 꽃놀이도 엄마가 없으면……." 하며 한 그루의 나무 뒤에만 숨는 성격이었기에 골치였다. 시마다를 틀어 올린 겉모습은 점잖은 티가 났지만 실은 인형을 껴안고 놀고 싶기만 한 어린아이였던 것이다. 나무에서 획 떨어진 원숭이처럼 눈물 말고는 아무 생

---

27 1868년 음력 5월 15일, 우에노 간에이지(寬永寺)에서 농성하던 창의대와 관군이 치른 전투.

28 白河口の戰い. 1868, 1869에 걸쳐 유신 정부군과 구 막부 세력 간에 일어난 내전인 보신 전쟁(戊辰戰爭)의 국지전의 하나.

각도 없이 오타미라는 나이 든 몸종의 소맷자락에 매달려 "나도 같이 관에 넣어 주세요!" 하며 앞뒤 없이 울기도 했다. 그런 모습을 보자 그 순진함이 어디까지고 가여워, 애초에 누구의 부탁은 아니었기에 의무도 아니거니와 은혜를 주고 무언가를 바라는 야심도 없었지만, 그로부터 학사는 그 아이의 모든 일에 나서서 돌보아 주었는데, 이는 친남매여도 할 수 없는 일이었다. 그런데 색안경을 낀 세상 사람은 거나하게 취한 남자를 여자가 무릎베개를 베고 귀지라도 파 주는 모습을 떠올린 것일까. 정말이지 학사는 원통함을 하소연할 곳도 없었다.

현재의 여자 교육에 찬성한다고는 말하기 어려운 마음에서 학사는 오소노에게도 배움을 주고 싶어 똑바로 가는 데만 해도 한 시간이 걸리는 길을 따라 퇴근한 뒤에 그 집에 들러서는 독서나 산술을 뜻대로 가르쳐 보았는데, 기억도 좋고 이해도 빨라 학사는 더욱 귀여워했다. 그런데 오소노는 어디까지나 무심해 고맙다, 기쁘다는 말을 하기는커녕 학사의 얼굴을 보기마저 싫어해 매일 공부를 하는 데서도 책에 있는 것 말고는 질문이 없음은 물론이고 대답도 시원시원하게 한 적이 없으며 억지로 물으면 울상이 되었다. 이에 오타미가 한없이 미안한 마음에 "아직 어린애라 어쩔 수가 없네요. 낯선 사람한테는 조금 점잖아지지만 선생님께는 허물이 없어 고집을 부리는 건지 저렇게 버릇없이 구네요. 좀 나무라 주세요." 하며 입버릇처럼 둘러대도 학사는 거기에 전혀 마음을 두지 않으며 "저런 어린 마음이 소중하죠. 외려 대들기라도 하면 오타미 님도 당해 내기 어려우실 겁니다. 소노야, 내게 삼갈 건 없단다. 싫을 때는 싫다고 말하거라. 나를 낯선 사람으로 여기지 말고 어머니한테 그랬듯이 편히 대해 주려무나." 하고 살갑게 위로하며 나날이 다녔지만, 오소노는 더 성가시고 꺼림칙한 마음이 들어 인력거 소리가 대문 앞에서 그치는 것을 무엇보다도 신경 썼기에, "어머, 오셨어요?" 하는 오타미의 인사를 듣자마자 부엌으로 도망쳐 빗자루와 수건을 뒤집어쓰곤 했다.

3

오타미는 이 집에서 10년 남짓 고용살이를 했는데, 오노소가 제 주인이기는 하지만 이제는 자식이나 다름없어 어떻게든 그 아이를 잘 길러 자기도 세상에 자랑하고 싶었기에 안달복달 애를 태웠다. 그럼에도 그저 무심하기만 한 오소노가 안타깝게 여겨져 '어떻게 된 걸까? 큰일이구나.' 하고 고민하고 한숨짓다 이윽고 충고에 잔소리를 섞어 어느 날 여러 마디를 타일렀다.

"언젠가 말하려고 했는데, 아가씨에게도 질려 버렸어요. 다섯 살, 열 살 난 어린애도 아니고 열여섯 살이면 제 자식을 둔 사람도 있는데, 한번 생각해 보세요, 사모님이 돌아가신 뒤로 햇수로 3년이라는 긴 시간 동안 나미자키 님이 무슨 일을 하셨는지. 저도 눈물겨울 만큼 고마운데, 아가씨는 정말이지 목석처럼 인정이 없으시군요. 아마 아실 테지만 일일이 말하지 않으면 생각도 않으시겠죠. 연고가 없는 아가씨의 처지를 걱정해서 '사람은 배움이 중요한데, 소노 아가씨는 지금 흰 실과 같다. 어떤 색도 잘 물들기 때문에 학교를 다니다 나쁜 친구라도 생기면 안 된다. 전부 나한테 맡기고 지켜봐 달라.' 하며 속 깊은 말씀을 하시고는 매일 직접 와서 공부를 가르쳐 주시잖아요. 월사를 내고 뇌물을 주고, 음식을 대접하고 인력거를 보내 주면서 떠받드는 선생님도 눈비가 올 때는 물론이고 세 번에 한 번은 거절하는 게 보통이잖아요. 대체 왜 그러시는 거예요? 선생님께 계속 비위나 맞추게 하시고……. 이 책을 한 권 다 읽으면 답례로 대체 뭘 드리면 좋을까요? 글은 이제 잘 쓰니 이제는 자기한테 편지를 써 보라고 감사하게도 멋진 그림이 그려진 닥나무 편지지를 소일거리로 주신 일을 아가씨는 절대 잊으면 안 돼요. 이런 말을 하면 아가씨는 속으로 '그깟 게 뭐라고. 나는 내던져 돌려주고 싶은데.'라고 생각하실지 모르겠지만 종이 한 장에도 진심은 담기는 거예요. 그 뜻을 제발 받아 주세요. 선생님의 은혜를 뭐라고도 여기지 않고 1년 365일 내내 고집을 부리며, 좋은 얼굴을 보이기는커녕 날씨가 덥니 춥니 하는 인사치레도 제대로 하지 않으시고 말이죠. 다 그분이기 때문에 화도 내지 않고 마음에 두지도 않고 귀여워해 주시는 건데, 아무렴 하늘이 벌을 내리실 거예요. 어제도 이 주변 소문을 들으니 '나미자키 님은 세간에서 유명해 부인을 가지려고 하면 산더미처럼 있는 가운데서 맘대로 골라잡을 수 있는데 그걸 다 거절하고 이쪽으로 오시는 건 거기 아가씨 위에만 다른 햇빛이 들어서일까. 행복에 겨운 사람이구나.'라고 하며 샘내고 부러워하던데. 그런 분한테 버림받으면 아가씨는 대체 어쩌려고 그러세요? 우시는 건 화가 난다는 뜻인가요? 화내셔도 상관없어요. 저는 할 말은 다 할 거니까. 나쁘게 들으시면 그걸로 그만이에요. 정말 어쩔 수 없는 고집불통이시군요." 하며 마음먹고 책망했지만 이것도 다 주인을 끔찍이 여겼기에 나오는 말이었다. 때문에 오소노는 여기에 별다른 악의를 품지 않았고, 다만 어린아이가 사람을 꺼려 안

기기 싫어하고, 달래면 우는 것처럼 무슨 영문인지 학사와 마음이 맞지 않는 것이었다. 그렇다고 딱히 해코지를 해서 머리를 아프게 하겠다고 하며 꽁하게 미워하는 것도 아니고 실로 세상 물정을 모르는 고집에서 그랬던 것이다. 대체 왜 그러냐고 묻자 어떤 조리 있는 말도 없이, 억울해선지 서글퍼선지 부끄러워선지 엉엉 울며 고개도 들지 않아 오타미가 무슨 말을 더 해 주려고 하자 마침 대문에서는 예의 인력거 소리가 그쳤다. "아, 오셨네요. 오늘은 제발 좋은 얼굴을 보여 드리세요."

4

"소노는 무슨 일 있습니까. 오늘은 아직 얼굴이 안 보이네요."라는 물음에, 아무리 그래도 '방금 전까지 여차여차해서 곁방에서 울고 있어요.'라고는 답하지 못해 오타미는 "몸이 좀 좋지 않아서요. 하지만 곧 낫겠죠. 일단 차나 한잔……." 하고 어물어물 넘어갔다.

"이거 큰일이군요. 원래 튼튼한 체질이 아니니 환절기에는 더 조심해야 합니다. 오타미 님, 부디 소노 건강에 신경을 써 주시면 좋겠습니다. 그나저나 저도 느닷없이 그 많은 사람 중에서 하필 낙점돼 먼 데로 좌천 가는 걸로 일이 정해져,[29] 오늘은 이 소식도 알릴 겸 인사를 드리러 왔습니다."라는 말을 술술 하자 오타미는 "농담 마세요." 하며 깜짝 놀랐다. "아뇨,

---

29 '좌천'이라고 한 것은 농담조의 말이고, 사실은 외과 조수에서 병원장이 된 것이므로 파격적인 승진이다.

농담이 아닙니다. 삿포로의 병원장에 임명돼 형편이 되는대로 내일에라도 떠나야 합니다. 하기야 갑작스러운 일도 아니고, 이렇게 될 줄은 대강 짐작했지만 놀래 드리는 게 괴로워, 결국은 해야 할 말을 여태 못 하고 있었습니다. 3년이나 5년 뒤에 돌아올 예정이지만 정확히는 어떻게 될지 모르겠군요. 일단 당분간은 헤어질 각오를 하고 있습니다. 그나저나 소노가 걱정이네요. 여태 그렇게 보살펴 줬는데도 처음부터 왠지 가엾게 느껴졌고, 솔직히 말해 하루를 보지 않아도 마음에 걸릴 정도였습니다. 그렇지만 언제 와도 좋아해 주는 것도 아니고, 보기 안쓰러울 정도로 저렇게 싫어하는데 싫어 소노의 속을 모르는 건 아니었지만 저는 어떻게든 어엿한 숙녀로 키워 보고 싶어서, 자만에 찬 변명이라고 하며 비웃으시겠지만, 하여간 오늘까지 다녔습니다. 무엇보다 학문이라는 게 여자는 대개 그러한 것, 그러니까 이화학이나 정법(政法) 쪽으로는 늘수록 신붓감에서는 멀어지지 않습니까. 일단 피상적인 학문은 고목에 조화를 붙인 것과 같아 진실한 사람은 좋아하지 않게 마련입니다. 그리고 설령 깊은 산에 숨어 있다고 해도 천진한 꽃의 빛깔은 도회인의 마음을 끄는 게 당연한 이치입니다. 앞으로는 우미한 성품을 기르고 덕을 갈고닦도록 가르쳐 주십시오. 저야 있어 봤자 전혀 진지하게 타이를 수도 없겠지만, 이제부터는 정말 오타미 님의 역할이 큽니다. 앞문에는 범이 뒷문에는 이리가 도사리고, 오른쪽에도 왼쪽에도 무서운 것들이 많은 이 세상에서 귀중한 옥에 흠을 입히지 말아 주세요. 소노한테도 해 주고 싶은 말이 많지만 제가 말하면 또 두 손으로 귀를 틀어막겠죠. 이상하게도 왜 인연이 없는 사람에게 인연을 느끼는지……. 스스로 어리석게 생각될 정도로 두고 가기가 싫은 기분이네요." 하고 웃어넘기면서도 목소리는 평소처럼 산뜻하게 들리지 않았다.

오타미의 호된 충고로 조금은 제 잘못을 깨달아 가고 있었는데 갑자기 그 사람이 와서는 작별을 고하니, 어린 마음에는 자기의 무례한 고집을 미워한 탓에 먼 고장에라도 가는 것만 같아 슬펐는데, 사과를 하고 싶었지만 장지문 한 장을 열고 나갈 기회가 없었고, 오타미가 처음에 불러 주었을 때는 조금 토라진 마음 탓에 맥이 빠져 새삼 뛰쳐나갈 수도 없이 오소노는 '이러는 동안 가 버리시면 어쩌지? 이제는 내 얼굴을 보지 않으실 마음인가?'라는 생각에 장지문 곁에 바싹 다가선 채 울었다. 학사가 그때 불쑥 일어나 "소노야, 오늘은 마지막이니 적어도 웃는 얼굴이라도 보여 주려무나." 하며 스르륵 장지문을 열었다. "아, 여기 있었구나."

5

"그렇게 울면 어쩌란 말이냐. 오타미 님도 똑같이 왜 그러십니까, 다시 못 보는 것도 아닌데. 나중에 철도가 통하면 금방입니다. 소노야, 전혀 사과할 건 없다. 너는 오타미 님이 잘 알고 계시니 전혀 걱정할 건 없단다. 다만 여태하고는 다르게 이제 점점 어른이 돼 갈 테니 세상 사람과 사귀는 법도 알아야 한다. 제일 어려운 게 남의 기분을 헤아리는 거란다. 그렇다고 해서 아첨을 하는 것도 그리 칭찬할 얘기는 아니지. 하기야 그런 면에서 청정무구하고 결백한 네가 오른쪽을 본들 왼쪽을 본들 미워할 사람은 없겠지만, 그래서는 세상을 살 수 없단다.

나 역시 그런 무리의 한 명이라 세상의 씀씀이에 별로 맞지는 않지만, 그래도 연공이라는 게 있어선지 조금은 너보다 사람이 못됐다. 그렇다고 너무 못돼서도 안 되겠지만, 지나치고 모자라는 건 다 네가 마음의 키를 어떻게 잡는지에 달렸으니 곰곰이 생각하며 잘 헤쳐 나가거라. 사실 출발은 내일모레이고 채비는 거의 다 됐다. 이제 더는 찾아오지 못하니 모쪼록 몸을 아끼고 아프지 마라. 그리고 하나 부탁을 하자면, 절대 배웅하러 오지는 말거라. 그러잖아도 내가 눈물이 좀 많은데, 동료들 앞에서 체면도 있으니 이상하게 여겨져 봤자 서로한테 좋을 건 없다. 다만 사진이 있다면 기념으로 한 장 가지고 싶구나. 다음에 도쿄에 돌아왔을 때는 이미 어엿한 사모님이 돼 있을지도 모르겠네. 그래도 내 얼굴쯤은 봐 주겠느냐."라고 하며 얼굴을 살피자 오소노는 무릎에 얼굴을 묻고 우느라 정신이 없었다. "그렇게 헤어지기 싫어?" 하고 등을 쓰다듬자 가엾게도 고개를 끄덕였다. 3년째인 오늘날에 평소 느끼는 괴로움이 오히려 더 나을 정도였다.

부드러운 사람이지만 마음은 굳세어 학사는 두 사람의 눈물에도 발이 돌아섰다. "오늘 저녁에는 조금만 더……." 하며 붙잡는 소맷자락을 부드럽게 뿌리치고 학사가 고이시카와로 돌아가자 오타미는 손에 있던 것을 빼앗긴 듯이 낙심하며 "설령 천리만리 떨어져 있어도 친자식이나 친형제라면 언젠가 돌아오리라는 기대도 있지만, 고작 친절이라는 한 가닥 실에 걸려 있던 처지이니 한번 멀어지면 끝이겠지. 이미 연이 끊긴 거나 마찬가지야. 전혀 믿을 데도 없어." 하며 마치 자기가 버림받은 것처럼 탄식하자 오소노는 점점 마음이 불안했다. 모친을 떠나보낸 슬픔을 잘 알아 애끊는 심정으로 엉엉 울었는데, 오늘의 마음은 그때와는 다르게 친절함, 죄송함, 섭섭함과 같은 감념이 우왕좌왕 가슴을 휘저어 뭐가 뭔지 모르게 꿈만 같은 기분이었다. 이에 그날 밤에는 감기지 않는 눈으로 잠자리에 줄곧 들어가 있었는데, 잠옷으로 갈아입지도 않고 눕지도 않으며 곰곰이 생각하자 눈앞에 낮에 있던 여러 일이 떠올랐다. 저도 모르게 가슴에 새겨진 학사의 말을 일언반구도 잊을 수 없어, '가실 때 이 소매를 이렇게 붙잡고, 네가 기다린다는 말을 들으면 머잖아 돌아오마[30] 하고 웃으며 말씀하신 그 목소리도 이제는 들을 수 없고, 내일부터는 인력거 소리도 대문 앞에서 그치지 않겠지. 대체 왜 그분이 그토록 싫었을까.' 하고 생각하며 긴 소매를 자꾸만 쳐다보던 그때, 홍견으로 안감을 댄 야쓰쿠치[31]에서 데굴데굴 굴러 나와 등불 밑에서 빛나는 보석이 박힌 반지. 학사의 오른쪽 약지에서 조금 전까지만 해도 빛나던 것이었다.

6

봉오리인 줄만 알았던 우듬지의 꽃도 하룻밤 봄비에 별안간 놀라우리만큼 활짝 피기도 한다. 시간이라는 것의 정취는 오소노의 작은 가슴에 무엇을 느끼게 했을까. 학사가 출발한

---

30 아래 와카에 근거.
영영 떠나도/이나바 봉우리의/소나무처럼/기다린다 들으면/머잖아 돌아오리 ──「고킨슈」 이별
이나바산(因幡山)은 돗토리현 동부 소재.

31 ハッ口. 일본 옷에서 겨드랑이 아래쪽으로 터진 부분.

지 하루 이틀째부터 오소노는 몸가짐이 어쩐지 점잖아져 전처럼 고집도 부리지 않았고, 바느질일이나 읽기, 쓰기 공부를 하는 것 말고도, 지금도 그러하지만 각별히 몸을 삼가 부르는 사람이 있어도 만담이나 연극처럼 신나는 것은 보러 가지도 않았고, 가끔 여태껏 본 적도 없는 일본 전도를 오타미가 볼일을 보러 나간 사이에 펼쳐 놓고 있기도 했으며, 신문에서도 삿포로나 홋카이도와 같은 문자에는 재빨리 눈이 갔다. 어느 날 오타미가 언뜻 보았더니 왼쪽 손가락에는 예전에 본 적 있는 반지가 똑똑히 빛나고 있었다.

*

그나저나 가을바람 속 오동잎 신세가 인간사인지는 알 수 없는 노릇이지만, 눈으로 만든 불상의 당탑을 위세 좋게 만들거나 근사하게 꾸민다거나 해도 헛수고가 되는 것이 많다.[32] 문화나 개명과 같은 여광에서 하나부터 열까지 모조리 파 일구고 백 년, 천 년 전 옛날 사람의 마음속까지 해부하는 세상에서, 제 손에 익은 의술의 묘도도 하늘이 내려 준 제 명은 어떻게 할 수도 없었던 것이다. 학사는 삿포로에 부임한 해 가을, 진찰한 티푸스 환자에게 감염되어 안타깝게도 서른한 살

---

32 『도연초(徒然草)』 166단에 근거.
　　인간이 서로서로 살아가는 모습을 보아 하니, 봄날에 눈으로 불상을 만들고 거기에 금은, 주옥을 장식하며 당을 지으려는 것과 같다. 그런 일을 기다리고 과연 그 불상이 무사히 안치될 수 있을까? 사람에게 목숨이 있다고 보는 동안에도 아래로부터 사라지는 것은 눈과도 같은 노릇인데, 죽어라 일하고 무언가 얻기 바라는 것은 너무나 많다.

의 한창때 홋카이도의 흙으로 돌아갔다. 풍문으로 이를 들은 오소노의 마음.

7

괴로운 세상을 버리고 생각해 보면 먹빛으로 소맷자락의 색을 바꿀[33] 것까지도 없고, 꽃도 없거니와 단풍도 없는 것이다. 성가시게 긴 검은 머리를 잘라 버린다고 해도 그것은 겉보기의 보리심이며 체면을 차리는 과부의 처사다. 덧없는 세상의 겉치레인 입술연지나 백분이야말로 소용없는 물건이라고 생각해 감은 머리를 나게시마다[34]로 틀어 올리고 머리끈 한 가닥을 묶은 용모를 색을 좋아하는 자는 한층 아름답다고 기렸기에, 사위로 간다느니 며느리로 맞이한다느니, 가명(家名) 상속은 어떻게든 하겠다느니 하며 구애하는 사람이 한두 명이 아니었다. 어느 날 오타미는 학사의 신우였던 당시 의학부에서 유명한 아무개 교수로, 관례를 내세우며 사람을 꼼짝하지 못하게 하는 사람을 더없이 좋은 인연으로 기뻐하며 "아가씨도 지금이 한창때인데 꽃이 질 때가 되면 부르고 다녀도 헛일이니 이제는 정말 마음을 정하세요. 나미자키 님한테 은혜가 있기는 하지만 어떤 약속이 있지도 않았고 설령 있었다고 해도 재혼하는 사람은 세상에 많잖아요. 어디에 삼갈 일은 아니니까……." 하고 여차여차 타일렀지만 오소노는 싱긋 웃으

---

33 출가한다는 뜻.
34 投島田. 뒷머리를 일반 시마다보다 길게 늘어뜨려 틀어 올리는 머리 모양.

며 "말뿐인 약속은 지키려 한들 지킬 수도 없어요. 진정한 사랑이 없는 언약을 버리고 재혼을 하는 사람도 있겠죠. 애당초 그분과 약속을 한 적이 없으니 정조를 세워 봐야 소용없겠지만, 어딘지 모르게 제게 스며든 이 마음은 제가 살아 있는 한 잊을 수 없을 것 같아요. 만일 저를 그 교수님에게 억지로 맡기신다면 몸만은 가도록 할게요. 하지만 마음은 쉽게 드리기 어려울 거라고 전해 주세요." 하며 아무렇지도 않게 말하고는 전혀 들어주는 기색도 없었다. 오타미는 말해도 보람이 없다고 생각하고 단념하고는 그 뒤로 다시는 권하지 않았다. 경상을 둔 연유는 이와 같다.

뒷말을 잘하는 사람은 이 이야기를 듣고 "참 생각이 삐딱한 여자로구나. 지금 만일 학사가 살아 있는 데다 삿포로에도 가지 않고 전처럼 자주 드나들었다면 신물이 나게 싫어했을 게 틀림없겠지." 하며 쓴웃음 짓겠지만, "있을 적에는/익숙하게 있느라/얄미워했고/없어서야 사람은/그리워지는구나."[35] 라는 노래도 있으니 하여간 짓궂은 세상이구나, 짓궂은 세상이구나.

35 『겐지 모노가타리』의 주석서 『겐지샤쿠(源氏釈)』에 나오는 노래로 출전 미상.

눈 오는 날

눈앞의 땅은 온통 은사(銀沙)에 뒤덮이고, 춤추는 나비 날개처럼 가볍게 고목에도 봄의 육화(六花)가 내려앉은 풍경을 세상에 있는 사람들은 노래로도 읊고 시로도 지어 화월(花月)에 견주며 기리는 게 부럽기만 하다. 아, 잊을 수 없는 옛적을 생각하니 내리고 또 내리는 눈에 분함과 슬픔이 느껴지고, 후회를 수천 번 해 봤자 소용없겠지만, 죄스럽게도 선조 수대의 묘가 모셔진 땅을 버리고 키워 주신 은혜가 깊은 이모도 등져 다마(珠)라는 내 이름에 부끄러운 오늘. 부모님께선 티 없기를 바라고 이름을 지어 주셨기에 내가 기왓장만도 못한 삶을 보낼 줄은 생각지도 못하셨을 텐데. 산골짜기 시냇물에 떨어지고 흐르며 깨끗하지 않은 처지가 돼 버린 그 과오는 정말로 어린 마음에 헤맨 내게 있었을까. 하지만 다리를 놓은 것은 과거의 눈 오는 날이었던 것이다.

내 고향은 어느 두메산골의 작은 마을이다. 우리 우스이 가문은 지방의 명문이었고 나는 그 외동자식이었는데, 불행하게도 부모님께서 일찍 돌아가셔서 다른 데 시집을 갔다가 남편을 잃은 이모가 집안으로 돌아와 나를 보살펴 주셨다. 세 살 때부터 몸소 키워 주셔서 나를 대하시는 게 진정 친자식과 같았으니, 금이야 옥이야 하는 사랑은 부모라고 해도 이보다는 더하지 않았을 것이다. 일곱 살 때부터 습자와 학문의 스승을 골라 주셨고 거문고와 와카의 교양은 당신이 스스로 마음을 다해 주셨다. 그런데 흘러가는 세월에는 관문지기도 없어서 어느덧 나는 허리춤에 접어 넣던 옷을 펴고 눈썹을 가늘게 정돈하고 폭 넓은 오비를 들떠서 매기도 했는데, 지금 생각에는 이 역시 그때의 어리석음이니 도회 처녀의 똑똑함과는 견줄 수도 없다. 겉모습은 나이에 맞게 자랐지만 속은 사내아이와 다르지 않을 정도로 어려서 아무 근심도 분별도 없이 지내던 열다섯 살의 겨울. 나도 모르는 내 마음을 어디에 사는 누가 깨달은 걸까. 부는 바람을 타고 이모의 귀에도 들어간 건 태어나 처음 겪는 터무니없는 염문이었다.

　세상은 과연 오해의 세상이로구나. 물결처럼 덮친 뜬소문이 내 옷을 흠뻑 적시고 말았다. 정을 통했다고 퍼진 상대는 가쓰라기 이치로로, 내가 다니던 학당의 스승이었다. 도쿄 사람이라 용모가 아름다웠고, 다정한 성품에 제자들이 잘 따라 가쓰라기 선생이라고 하면 누구나 칭찬을 했는데, 하숙으로는 우리 집에서 북쪽으로 열 정쯤 떨어진 호쇼지라는 절의 별채를 잠시 빌리고 있었다. 워낙 어릴 적부터 가르침을 받은지라 습관이 잘 사라지지 않아 나를 다른 사람보다 더 사랑해 주셔서 가끔 우리 집에도 찾아오셨으며, 내가 하숙에 같이 따라가기도 했다. 즐겁게 얘기를 나누는 사이에 많은 걸 배웠다. 마치 친누이처럼 대해 주셔서 형제자매 없는 나는 고마웠고 학당에도 어깨를 으쓱하며 다녔는데, 지금 생각해 보니 역시 남의 눈에는 수상하게 보일 법도 했다. 설령 우리 둘의 마음에는 흐르는 물처럼 아무런 색깔이 없었다고 해도 시마다를 올린 나는 어린애도 아닌 데다 스승님은 서른 하고도 셋이나 더 됐으니 말이다. 남녀칠세부동석이라고 글로는 배웠으면서 새까맣게 잊고 의좋게 지냈으니 참으로 어리석은 노릇이다.

"남들이 그렇게 보는 게 잘못이고, 있을 수 없는 일이라고는 생각하지만 뜬소문이 사라지지 않는다면 아쉽게도 백옥의 흠이 돼 과연 너만이 평생 불행할 뿐이겠느냐. 이모 손에 막되게 큰 우스이 가문의 딸애 꼴 좀 봐라, 부모가 있었다면 저리 되지도 않았을 텐데 하고 남들은 말하고 싶게 마련이란다. 네 엄마의 눈물이 생각나는구나. 마지막 가는 베갯머리에서 나를 간절히 바라보며 '언니, 다마를 부탁해.' 하고 어렴풋이 나온 한마디 말에 천만무량의 마음을 담았으니 참으로 명도에서도 네 걱정에 길을 헤맸을 텐데……. 너를 맡은 나는 그 말도 못 지키고 세상의 비웃음을 다 받고 만다면, 무엇보다 네 엄마와 우리 우스이 가문의 명예에 어떻게 고개를 들겠느냐." 하며 이모는 낮은 목소리로 주위를 삼가며 평소 과묵하던 사람이 걱정되는 게 있어선지 내게 절절히 타이르셨다. 나는 처음에 오로지 꿈을 헤매는 기분이 들어 당최 무슨 말씀이신지 깨닫지 못했는데, 그러자 이윽고 이모는 더욱 목소리에 날을 세워서는 "다마야, 잘 들거라. 가쓰라기 선생님은 너를 사랑해 주고 계신다. 너 역시 눈앞에 아른거리겠지. 하지만 이곳 관습에 따라 우리 우스이 가문은 예로부터 타향 사람과는 연을 맺지 않았다. 아무리 학문이 뛰어나다고 해도 누구의 아들이고 어느 뿌리인지 알 수가 없으니 문벌가인 우리 우스이 집안에 사위로 맞기도 어렵고 너를 며느리로 보내기도 어렵다.

설령 사랑하는 사이라고 해도 말이다. 뜬소문마저 퍼졌으니 더 그렇다. 이제는 절대 왕래하지도 마라. 공부도 다 소용없다. 그 사람이 필요했기 때문에 나도 선생님, 선생님 하며 잘해 준 건데, 이제는 무익한 사람이니 대접할 것도 없다. 꽃다운 나이가 되도록 예쁘게 키워 놓아 남들한테도 칭찬받고 나도 자랑으로 생각했는데, 이렇게 네가 억울하게 누명을 쓴 건 다 그 사람 때문이다. 지금까지 있던 일은 오늘로 털어 버리고 이제는 단호하게 행실을 고쳐 네 오명도 씻고 내 마음도 편안케 해 주려무나. 어쨌든 간에 네 원수는 그 사람이니만큼 우리 집안과 이 이모를 생각한다면 가쓰라기든 이치로든 다 머릿속에서 지우거라. 선생이 저 대문을 넘어선다고 해도 다가가지 말거라." 하며 다그치셨다. 나는 그때 창자가 끊어질 것만 같아 왜 나온 눈물인지도 모른 채, 더는 그것을 머금고 있다 못해 소맷자락을 대고 몇 시간이고 소리 내 울었다.

내심 한없이 억울했다. 아무리 세상 사람들의 말이 야단스럽고 온 마을이 나를 버린다고 해도 키워 주신 이모의 눈에는 나의 맑고 탁함이 보이셨을 텐데, 내가 더럽혀진 걸로 넘겨짚고 원망스러운 말씀을 하셨다. 스승님과는 어제오늘 안 사이도 아니고 품행이 올곧은 건 봐서 아실 텐데, 누구의 참언에 넘어갔는지 내 편을 들지 않으시니 너무도 비참했다. 할 수 있다면 이 가슴을 베어 갈라서라도 결백을 드러내고 싶다고 생각하며 울었지만, 그 마음 깊은 곳에는 무엇이 숨어든 건지 망아지는 발광하고 있는데 정작 고삐를 맬 방법은 알지 못했다.

틈새로 비쳐 보이는 작은 발을 친다고 해도 한 겹으로는 모자랄 텐데, 이곳 열 정 사이에 있는 남의 눈이라는 관문은 더욱 엄해졌기 때문에 찬바람이 불어도 나는 다만 어지러이지는 단풍의 모습이 부러워 '저 잎은 어디까지 가려나.' 하며 멀리 내다보기만 했다. 그때 보인 숲의 그늘은 내게 오라고 손짓을 한 걸까. 저 마을 변두리에 스승님이 계신다고 생각하자 별채의 풍경이 아련히 떠올라 저물녘에 울리는 호쇼지의 종소리가 서글펐고, 마음은 한없이 하늘을 떠돌았지만 과연 훈계는 무거웠기에 걸음은 그곳으로 향할 수도 없었다. 적어도 스승님이 찾아오셨으면 하고 기다렸지만 소문은 이곳에서만 퍼진 게 아니라 조심스러워졌는지 편지도 없었다. 그렇게 두절된 가운데 천추를 거듭하다 만대를 축복하는 새해가 시작됐고 초이렛날이 왔다. 이모는 이웃 마을의 친척들에게 새해 인사를 하러 가셨는데, 아침부터 흐리던 하늘은 점점 어두워지기만 했다. 바람은 잦아들었지만 추위가 뼛속까지 스며 움츠러든 만큼 불안한 마음으로 있자 갑자기 바라보던 하늘에서 하얀 게 보슬보슬. '역시 눈이 내리는구나. 이모가 추우실 텐데.' 하고 고타쓰 곁에서 생각하자 내리는 눈은 사정없이 더 큰 송이를 던져 별안간 뒤덮고 말았다, 마당도 바자울도⋯⋯. 내 방의 팔을 괴는 낮은 창문을 살짝 열자 눈앞에 보이는 집 뒤의 논과 밭도 뒤덮여 있었다. 나날이 바라보던 저쪽의 숲도 하늘과 똑같은 색이 됐다. '아, 스승님은 뭐하고 계시려나.' 하고 생각한 게 애초의 미혹이었다.

재앙의 신령이 만일 있다면 분명 나를 유혹했을 터다. 이때의 마음은 과연 무엇을 품었을까. 좋은 줄도 모르고 나쁜 줄도 모르고 단지 그립다는 마음에 내몰려 몸은 앞뒤도 가리지 않고 도망쳐 나왔다, 우스이 가문을!

이게 마지막이라고 생각지 않아 눈에 익은 처마도 돌아보지 않고 조바심 내며 정원을 통해 나오자, "아가씨, 이렇게 눈이 내리는데 어디 가시기에 우산도 안 드셨어요?"라는 말로 나를 놀랜 사람은 하인 헤이스케로 노실하고 순진한 사내였다. "이모 마중을 나가려고."라고 거짓말하자, "오늘 밤은 아마 묵고 오실 거예요. 마중을 꼭 가셔야겠다면 제가 가죠. 일단 기다려 주세요." 하며 얄밉게도 발목을 잡았다. "실은, 이 눈이 내리는데도 용케도 와 줬구나 하고 칭찬받고 싶어 내가 가고 싶으니, 너는 모르는 체해 줘."라고 하자 헤이스케는 소리 높여 껄껄 웃으며 "어린 마음은 참 종잡을 수 없군요. 그럼 우산을 들고 가시죠." 하고 제 것을 내게 건네줬다. "가다가 넘어지지 마시고요." 하며 당부도 했다. 유연(由緣)이 있어 무사시노 들판이 그립듯이[36] 그 한마디마저 생각나는데, 무정했던 것도 나를 위해, 엄했던 것도 나를 위해서였고 앞날이 잘되기를 빌며 헌신해 주셨기에 떠올리기도 죄송스러운 분은 역시 이모였다.

그토록 스승님이 그리워도 그 사람을 남편으로 부르며 함께 타향 땅을 밟는 일은 결단코 생각지도 않았지만 마음은 그만 길을 잃고 말았다. 창밖의 솜대가 내리는 눈에 부러지듯이 마음도 똑 부러지며 나도 그 사람도 진정 죄를 짓고 말았다. 내가 고향을 떠난 것도 이모를 버린 것도 다 이 눈 오는 날의 꿈 때문이었던 것이다.

새삼 내 남편을 원망하기도 부질없다. 도쿄는 꽃을 보는

---

36 아래 와카에 근거.
    들판에 지치/한 송이 펴 있으니/무사시노에/자란 풀은 모두 다/어여쁘게 보이네 ─『고킨슈』잡상
    무사시노는 현재의 도쿄도 중서부로부터 사이타마현 남부에 걸쳐서 있던 잡목이 우거진 들판.

눈이 아름답기 때문에 산골의 나무와 같은 내가 어울릴 곳이 아니었다. 내가 눈 덮인 초목인 줄 깨닫고는 소맷자락을 눈물에 적시며 옛날 일을 따졌더니 하나부터 열까지가 모두 잘못이었다. 고향에서 온 풍문을 듣자 하니 이모는 제 신세를 목놓아 한탄하시다 그해 가을에 슬픈 처지가 되셨다고 한다. 만사의 끝이 후회로구나. 지금은 덧없는 세상의 무엇과도 나를 끊었다. 무정한 사람을 위해 지조를 세우고, 아무도 모를 절개를 지키고 있을 뿐. 생각해 보면 정말로 시키부의 노래처럼 닿으면 근심만 늘어나는 세상인 줄을 눈은 모르리라.[37] 올해도 역시 우리 집의 허물어진 울타리를 감추며 내려앉아 보기 좋게 뽐내는구나. 나는 지난날이 그립거늘.

---

37 아래 와카에 근거.
   닿으면 이리/근심만 늘어나는/세상인 줄을/몰라 황폐한 뜰에/첫눈은 쌓이누
   나 — 『신코킨슈』 겨울

캄캄한 밤

1

    담장에 둘러싸인 저택의 넓이는 얼마만큼 된다고 하고, 단단히 닫힌 대문은 몇 년인가 폭풍우를 그대로 맞아 금방이라도 넘어갈 듯 위태로운데, 기와에 바위솔은 없지만 그 대신에 자란 풀인 넉줄고사리처럼 옛 평판을 견디고 있는 사람은 누구인가.[38] 수사슴이 울 법한 미야기노의 가을을 옮겨 온 듯한 작은 싸리밭이 홀로 비단 빛을 뿜내는 즈음,[39] 달구경을 하는 자리에서 구름처럼 높은 누군가와 소맷자락을 나란히 한 것은 꿈이었을까. 가을바람이 쌀쌀한 아스카가와의 늪이 여

---

38   넉줄고사리(忍ぶ)가 '견디다'의 뜻을 겹친다는 데서.

39   아래 와카에 근거.
    미야기노의/작은 싸리 들판을/가는 동안은/사슴의 소리마저/헤치며 듣는구나 —『센자이슈(千載集)』가을㊦
    미야기노는 지금의 미야기현 센다이시 동쪽 일대.

울이 되듯[40] 신세가 바뀌어 좋지 않은 소문은 남의 입에 남았지만, 그 뒤로는 어떻게 지내는지 궁금해 찾아오는 사람도 없었으니, 처량하고 쓸쓸한 주종 세 사람은 도회에 있으면서도 산속에 사는 듯했을 것이다.

저것이 사기꾼의 말로라고 손가락질하며 뭇입은 일제히 흥을 보았지만 사욕이 아니었음은 집안에 재어 놓은 재산이 적지 않았다는 것만 보아도 알 수 있었다. 비난 속에서도 덕을 베푸는 일만은 그만두지 않았지만 남의 눈에 띄지 않게 한 것이 많아 "내가 그 은혜를 입었소." 하며 나서는 사람도 없었다. 추명만이 오래 남아 사람들은 "안뜰의 오래된 연못에……. 그 뒤는 말하지 않을래. 무서워." 하며 비 오는 날 밤의 잡담으로 떠들어 댔기에 마쓰카와 저택이라고 하면 어쩐지 무서운 곳으로 통했다.

원래 넓은 집에 인기척이 적어 황폐한 절과 같았고, 청소도 구석까지 자주 손이 가지 않아 일이 없는 동안에는 덧문을 닫고 그대로 두는 날도 많았다. 가와라노인[41]을 속되게 말하자면 이럴까 싶은 정도였다. 유가오노키미[42]는 아니지만, 소

---

40 아래 와카에 근거.
　이 세상에서/무엇이 변치 않나/아스카가와/어제 늪이던 곳이/오늘은 여울인데 ──「고킨슈」잡⑪
　아스카가와는 나라현 중부를 흐르는 강으로 옛날에는 흐름의 변화가 격심했다.

41 河原の院. 교토 로쿠조(六条)에 있던 미나모토노 도오루(源融, 헤이안 전기 조정의 신하)의 저택으로, 도오루 사후에 활기를 잃었다.

42 夕がほの君. 「겐지 모노가타리」 유가오(夕顔) 첩의 여주인공. 이 권에서 히카루 겐지는 유가오를 총애해 '아무개 원(院)'에 데리고 가지만, 유가오는 몹시 황폐한 그 저택에서 원령의 습격을 받고 급사한다. '아무개 원'은 가와라노인을 준거로 한 것으로 추정된다.

중히 모셔지고 있는 아가씨 오란은 귀신에게도 잡혀가지 않았다. 스스로 외롭다는 생각도 하지 않는 것일까. 하여간 남들과 다르게 살며 나날이 별일이 없는 것이 신기할 따름이었다.

낮에도 이러한데 하물며 밤에 고적한 등불을 켜고 어두운 방 한 칸의 벽에 비치는 제 그림자를 벗으로 삼아 다만 홀로 초연히 이슥해져 가는 밤의 종소리를 세는 모습에는, 귀신을 잡는 용맹한 사나이도 지난날과 앞날의 생각에 내몰려 옷깃에 젖은 눈물이 차갑게 식을 터다. 음력 5월 28일 달이 없는 무렵, 해가 저문 지 얼마 되지 않지만 어둠의 색은 깊었고 숲처럼 우거진 집 뒤의 커다란 떡갈나무에 부는 바람 소리는 무시무시하게 들렸으며, 그 뒤쪽에 있는 바닥 모를 연못에 이는 물결은 소리마저 손에 잡히는 듯했는데, 이를 듣는 둥 마는 둥 자단목 책상에 팔을 괴고 깊은 생각에 잠긴 눈은 반쯤 잠든 듯하지만 가끔 잔물결이 이는 버들잎 같은 눈썹은 무슨 근심을 품고 있을까. 쇠를 녹이는 이 무렵 더위에 풍성한 머리가 성가셔 오늘 아침에 감았는데, 자연 그대로의 윤기가 흐를 정도인 머리가 어깨에 덮였고 넘치는 몇 가닥이 눈도 무색할 흰 뺨에 덮인 만큼 호색한 사람이 왈가왈부하기는 아까운 용모였다. 어딘지 관음보살을 닮았지만 그보다는 쓸쓸했고, 그보다는 아름다웠다.

현관 쪽에서 무슨 일이 일어났는지 홀연 사람 목소리가 갑자기 들려와 심상치 않자, 잠든 것 같던 미인은 문득 귀를 기울였다. '불이 났나? 말다툼을 하나? 설마 노부부가…….' 하고 생각하며 미소를 흘리기는 했지만 미심쩍은 생각이 들어 앉음새를 고치고 더 들어 보려고 귀를 기울였더니 부산한 발소리가 복도에 높아지다 "오란 아가씨, 혹시 책을 보고 계시나요? 죄송하지만 약을 조금……." 하는 말이 장지문 밖에서 들렸다. 노파의 목소리였다.

"무슨 일이야. 사스케가 병이라도 났어? 상태에 따라 약도 다르니 서둘지 말고 얘기해 다오."라고 하자 장지문 곁에서 두 손을 바닥에 대고 엎드린 노파는 정중히 "아니요, 할아범이 아닙니다." 하고 답했다.

오늘 밤도 사스케는 예처럼 정원을 돌아다니며 살피고는 대문을 잠갔는지 다시 한번 보았다. 삐걱거리는 쪽문이 평소 마음에 걸려 고치려고 여닫는 사이에 어둠을 밝히며 저쪽 큰길에서 인력거가 뛰어왔는데, 제등에 벗풀 무늬가 있어 성급하게도 나미자키 님이 오셨다고 생각해 닫아야 할 문을 닫지 않고 기다렸다. 그러나 그는 나미자키가 아니었을 것이다.

그 인력거가 대문 앞을 지날 때 노옹도 모르는 사이에 어떤 사람이 와 있었는데, 뛰어 지나가는 인력거의 바퀴에 어떻게 부딪혔는지 앗 하고 비명을 질렀다. 노옹은 깜짝 놀라 이마를 쪽문에 부딪힌 아픔도 잊고 고꾸라지며 나왔다. 얄밉게도 인력거는 사람을 친 줄 알았으면서 발이 땅에 보이지 않을 정도로 빠르게 지나갔다.

뒤에 남은 남자는 그리 심하게 다치지는 않았지만 젊음에 어울리지 않게 무기력한 데다 몹시 쇠약해져 일어날 힘도 없이 반죽음된 가여운 꼴이었다. 이를 저버리지 못하고 노옹은 "야단을 들을지 모르겠지만 일단은 업고 들어왔는데, 아직 정신이 들지 안 들지도 모르겠네요. 하여간 한번 봐 주십시오. 이렇게 딱할 수가 없습니다." 하고 이야기했다.

2

　며칠 굶은 것과 피로로 녹초가 된 마당에 또 인력거에 치인 아픔과 놀람 때문에 어느새 혼이 몸을 떠나 잠시 기절한 동안은 꿈만 같았는데, 사방의 그윽한 향기에 가슴속이 산뜻해지며 무엇에 뒤덮인 것 같던 머리가 비로소 원래로 돌아와 살짝 눈을 뜨고 주위를 보자, "정신이 든 것 같으니 약을 조금 더." 하는 목소리가 베개로 들려왔다. 아직 혼이 극락에서 노니는지 아무래도 인간의 핏줄이 아닌 듯 보이는 보살처럼 우아한 여자가 곁에 보였다.

　"참 오기 없는 놈이네. 상처라고는 새끼손가락 끝이 조금 까진 게 다면서. 잠자리를 쫓던 꼬맹이가 작은 도랑에 빠져도 이처럼 다치는 일은 자주 있지만 이렇게 기절을 하는 바보는 없을 거야. 정신 차리고 약이나 먹어라." 하며 사스케가 까다롭게 잔소리를 하자 오란은 "그리 거칠게 말하지는 말거라. 아무래도 병을 치른 뒤거나 사정이 있어 몹시 지친 듯 보이니 조용히 보살펴 주는 게 좋겠다." 하고 말했다.

　"삼갈 집은 아니니 진정하고 편히 쉬려무나. 며칠 머물러도 우리는 상관없지만 네 집에 알리고 싶다면 사람을 보내고 네 가족이 데리러 오기를 기다려야겠지. 뜻하지 않은 화는 누구라도 당할 수 있으니 미안하다는 생각은 버리고 뜻대로 무엇이든 말하려무나. 얼핏 보니 어디가 아팠던 것처럼도 보이는데, 이렇게 밤이 되도록 집에 가지 않으면 부모가 걱정할 게 염려되니, 오늘은 여기서 묵는 걸로 하고 사람을 네 집에 급히 보내야겠다. 눈앞에 보이는 것보다 상상되는 근심이 더 애타는 법이니 별 탈 없다는 소식을 알려, 여러 상상에 괴로워하는 마음을 편히 하고 싶구나."

"어디에 사느냐."라는 물음에 간신히 일어난 사내의 뺨은 몹시 홀쭉했고 자못 큰 눈은 흐리멍덩했으며, 코는 낮지 않지만 콧날은 움푹 들어갔고 그러잖아도 튀어나온 이마는 더 뚜렷이 그렇게 보였으며, 듬성한 앞머리는 옷깃에 붙어 있었다. 무슨 말을 하려고 하지만 눈물만이 흐르고 핏기 없는 입술이 부르르 떨리는 것은 가슴에 감정이 복받쳤기 때문일까. 오란이 조용히 다가가 약을 권하자 사내는 "이제 괜찮습니다." 하며 손을 흔들었다.

"돌아가야 하지만 집이 없는 데다 걱정해 주시는 부모님도 없으니 인력거에 치여 죽었다고 해도, 길을 가다 쓰러졌다고 해도 저 하나가 천명을 깨달을 뿐, 세상에서 저를 가엾게 봐 주는 사람은 없을 겁니다. 정다운 분들에게 감사한 말씀을 듣는 건 불운한 제게 오히려 괴로움을 늘릴 따름이니 정신을 잃은 동안에는 그렇다 쳐도 이제는 그만 저를 대문 밖으로 내쳐 주십시오. 목숨이 달린 동안에 괴로운 꼴은 다 보았기에 혼이 사라져 버린 시체는 야윈 개의 밥만 되어도 족합니다. 원망스러운 인력거에는 벗풀 무늬가 있더군요. 어둠 속이었지만 똑똑히 본 그 주인한테 원한은 반드시 갚을지라도 정다운 분들에게 은혜를 보답할 수 있는 저는 아닙니다."

"그러니 용서해 주십시오." 하며 몸을 일으켰지만 발이 떨려 비틀거리자 "참 불안하네. 속을 알 수 없는 놈이야. 부모가 없다니 그 몸은 누구한테 받았어? 그리 대수롭지 않게, 소홀히 해서 되겠어? 너 같은 삐뚤어진 놈이 있으니 이 세상 부모들이 근심이 끊일 날이 없지." 하며 자기도 한 명 가진 자식 때문에 고생한 사스케가 남의 일 같지 않은 걱정에서 나무라며 다시 앉혔다. 사내는 다시 고개를 푹 숙였다.

제 남편이 흥분해 기특한 말을 늘어놓자 "오늘 하룻밤은 여기 두고 푹 재우고 싶네요." 하고 노파도 거든지라 오란은 사내를 노부부에게 맡기고 거처방으로 돌아갔다.

3

바자울에 얽히는 나팔꽃은 하루아침의 번영으로 평생의 본회를 다한다. 자기에게 정해진 분수를 알면 뜻대로 되지 않는 덧없는 세상에서 고민거리는 없을 테니 소용없는 번민으로 속이 뒤집힐 일이 있으랴. 그나저나 조부 세대까지는 그 일대의 명의로 여겨져 작은 가마에 타고 논두렁길을 가는 촌아이도 무릎을 꿇으며 예를 표했는데, 내려가는 운수는 누가 이끈 불행의 길이었을까. 안타깝게도 요절한 부친에 이어서, 모친은 들판 한가운데의 풀숲에 숨겨진 사람이라고는 할 수 없는 처지였는데,[43] 덧없는 세상에서 그 부친 집안의 매정한 누군가가 부린 계략 때문에 다투는 것도 소용없었다. "죽은 남편을 굽어살펴 주세요. 하치만 신령님께 맹세해 거짓 없이 그이의 자식인데……." 하고 말해 보았자 욕심이라는 소리를 들

---

43 『이세 모노가타리(伊勢物語)』 12단에 근거.
옛날, 한 남자가 있었다. 남의 딸을 훔쳐 무사시노로 데려가는 동안, 도둑이었기 때문에 그 지방 수령에게 들키고 말았다. 여자를 풀숲 속에 두고 도망쳤다. 길을 오던 사람이 이 들판에는 도둑이 있는 듯하다고 하며 불을 지르려고 했다. 여자가 아우성치며 "무사시노는/오늘 태우지 마오/어린 풀 같은/남편도 숨었으니/나도 숨어 있으니." 하고 읊는 것을 듣고 여자를 붙잡고는 함께 데리고 갔다.

을 비천한 처지가 분해 눈물을 감추고 고용살이에서 물러나 본가에 온 것은 그 아이가 뱃속에 깃든 지 겨우 일곱 달, 남편이 떠난 지 14일째였다. 그런데 좁은 것은 여자의 마음이었다. 한이 쌓이는 세상이 처량해져 사출산(死出山)을 디디며 '오늘 가야 하나. 내일 가야 하나.' 하고 빌었는데, 그러잖아도 힘든 초산에 피가 멎지 않아 낳은 아이의 얼굴도 모르고 가엾게 스물한 살 늦가을에 한바탕 내리는 비와 함께 가고 말았던 것이다. 아이는 철없던 옛날부터 아버지와 어머니 없이 자라 가슴 털로 뒤덮인 외조부의 품속 말고는 세상의 따뜻함을 몰랐기에 봄바람이 얼음을 녹이는 논두렁길에서 마을 아이들이 노는 데서도 빠지고 자연히 사람을 피하며 엇나가게 되었다. 그런 고집이 점점 심해져 가엾게 여기는 것은 외조부 한 명이었다. "세상 사람에게 미움받을수록 부모 없는 자식이 가엾게도 지지대 없는 들판 가의 국화처럼 굽고 휘는 건 무리도 아니다. 불운은 하늘에서 떨어졌고 죄는 신세에서 비롯된 게 아닌데 부모 없는 놈이라고 업신여기는 패거리의 마음은 귀신일까, 뱀일까. 그래, 우리 머리에는 깃드신 신령님도 없고 부처님도 없는 세상이다. 세상은 우리 원수고 우리는 결국 세상과 싸워야 할 처지다. 제 할아비가 없는 뒤로는 어디에 가도 남들은 무정하니, 나는 결코 남들에게 마음을 허락하지 않을 것이다. 남들이 나를 모질게 대하면 나도 남한테 모질게 대하리라. 어차피 미움을 받는다면 남한테 알랑거리며 마음에도 없이 빌붙어 해진 짚신을 짓밟히는 짓은 하지 말거라."라고 하며 분한 마음에 흘리는 눈물로 종일 원통함이 가실 새가 없었다. 외조부는 제 손자가 사랑스러울수록 세상 사람이 미워, 이 아이 얼굴에 주먹질을 한번 한 아이는 설령 촌장 아들이든 시비는 어쨌든 간에 혼내 주었다. 그렇게 상대는 센 체하는 막된 행동이 더 심해졌고, 외조부는 본디 찢어지게 가난해 제 땅 하나를 가진 처지가 아니었기 때문에, 고약한 늙은이 근성을 어디 한번 근사하게 밀고 나가 보라고 하는 마냥 지주의 눈총을 받은 것을 끝으로 외조부와 손자 두 사람의 목숨은 바람에 흔들리는 등불처럼, 말할 것도 없겠지만, 사라져 버릴 것은 당연한 일이었다.

죽은 딸의 13주기부터 노옹은 다시 일어나지 못할 병에 걸렸다. 체념의 눈을 굳게 감았으니 새삼 무슨 약을 썼으랴. 불쌍한 손자와 완고한 노옹 단 둘이 기울어진 명운을 초가집 처마에 걸린 달로 바라보며 "이 할아비는 정말이지 임종이 눈에 선하지만 합장할 수 있는 부처님도 없구나."라고 하는, 남이 들으면 분명 넋을 잃을 몹시 무참한 말을 하고 비웃음을 입가에 남겼으니 죽어서 과연 어디로 갔을까. 지옥일까, 천당일까. 세 치 심장이 멎으며 만사가 멈추었다.

남은 손자가 바로 오늘날의 다카기 나오지로로, 나이는 열아홉이지만 쌓인 근심은 헤아리기도 가여운 노릇이었다. 우러러 보아 높은 가노산의 기슭을 떠나 아마하[44]라는 태어난 고향을 사정없이 내버린 뒤로 '그래, 세상에 버림받은 나 한 몸을 희생해 이곳 도쿄에서 의학을 배워 가풍을 전하리라.'라고 하는 마냥 모친과 조부의 한을 짊어지고는 누군가는 자기 이야기를 들어 주지 않을까 하는 마음 하나로 도회로 나온 것이었다. 하지만 인귀(人鬼)는 없을지라도 어느 동네에서도 쓰이는 사람은 재자(才子)였기에, 설사 경박하다는 비난은 있

---

44 天羽. 현재의 지바현 기미쓰시에 있던 마을.

어도 말에 재치가 있고 일 처리에 눈치가 있는 것을 사람들은 좋아했다. 맹상군[45]이 지금 세상에 있다면 모르겠지만, 나오지로의 뒤틀린 마음은 합사를 푼 것처럼 한없이 꼬여 조금의 애경심도 없었기 때문에 행실이 졸렬한 무슨 박사인 어떤 원장의 집 현관에서 열변을 토하는 자기 자신이 산뜻하게 느껴지지는 않았다. 스스로 식객으로 받아 달라고 여기저기 돌아다닌들 누가 진지하게 들어 주었겠는가. 어디서도 미친 사람 취급받는 것이 비참했지만, 그렇다고 거지로 오해받아 부엌으로 불린 때면 거기에 차려진 한 끼 밥상을 몹시도 무례하고 기괴하게 차 뒤엎고는 일갈하고 나갔다.

멧돼지와 같은 용기만이 넘쳤지 지혜는 주머니 바닥에 가라앉았다. 누가 보아도 얼굴에 어리석은 사람이라고 써진 것을 알 수 있었기에 과연 가련히 여기는 사람도 있었다. "자기를 낮춰라. 몸을 아끼지 마라. 네 처지에 맞는 일을 하면 그에 맞게 사정을 봐줄 수도 있다."라는 주인의 말에 공중목욕탕에서 불 피우는 데 쓸 땔나무 줍기, 소바 행상, 잡부, 정원 청소 등 온갖 일을 하며 1년 동안 임시 고용으로만 서른 곳에 들어갔다. 사흘을 버티지 못하고 내뺀 것은 그나마 나은 편이다. 안주인이 틀어 올린 머리를 들이대며 집적거리는 것이 역겨워 때려눕히고 달아난 적도 있다. 주인과 말다툼을 하다 끝내 제 주먹을 믿고 덤빈 것이 말썽이 되어 경찰 신세도 몇 번 졌다. 그러면서 역시나 이 땅도 적의 소굴이구나 하고 굳게 믿었다.

등불이 어두운 변두리의 싸구려 여인숙에서 서기로 일하

---

45 **孟嘗君**. 중국 전국시대 제(齊)나라의 공족(公族)으로, 문하에 식객 수천 명을 둘 정도로 인재를 거두고 기르는 데 재산을 아끼지 않았다고 한다.

며 지내던 최근, 주인이 자기를 업신여기는 한마디를 하자 지병이 불끈 도져 버렸으니 무엇을 참았으랴. 붓을 부러뜨리고 벼루를 냅다 던지고는 동서남북 어디로든 가 버렸다. 야산에도 자기가 누울 보금자리는 없다는 생각으로 고성을 퍼부으며 뛰쳐나갔으니 그 뒤로 어떻게 밥 한 끼라도 때웠을까. 혀를 깨물고 죽을지언정 남의 집 앞을 어슬렁거릴 사내는 아니었기에 오늘도 저물녘 종소리를 들으며 떠돌아다녔다. 참으로 둥지를 모르는 처지는 정처 없는 까마귀보다 못한 것이었는데, 오는 것도 아니고 가는 것도 아닌 꼴로 비틀거리며 마쓰카와 저택의 대문에 이르렀던 것이다. 이때 눈 깜빡할 사이에 치고 지나간 인력거에는 사스케도 본 벚꽃 무늬가 있었다.

4

여기서 목숨을 건진 밤부터 사흘 동안 꿈을 꾸듯이 날을 보내 기억이 분명하지는 않지만 첫째 날 밤에 본, 보살처럼 우아한 여자가 머리맡에 있으며 보살펴 준 듯했다. 희미하나마 아름다운 목소리로 위로를 받고 부드러운 손길에 감싸이자 천상계에 태어난 것만 같았고, 잠에서 깨 버리면 부질없을 꽃 사이의 나비처럼 나인지 남인지 모를 경계에서 잠들었다.

'덧없는 세상 속에서 외로울 때, 남의 마음이 모질게 느껴질 때 내 손에 매달리고 내 무릎에 누워 함께 산과 들에서 놀자꾸나. 슬픈 눈물을 남에게는 감출지라도 내게는 설령 폭포처럼 흘러도 닦을 수 있는 소매가 있으니 괜찮단다.[46] 나는 네 바보스러운 마음을 초라하게 느끼지 않고 네 사악한 마음도 밉지 않다. 지난날에 저지른 죄가 신세를 괴롭혀서 새삼 뉘우치며 남모를 속을 앓는다면 내게 얘기해 산뜻한 바람을 가슴에 불리는 게 어떻겠니. 한스럽고 분하고 창피하고 부질없을 때, 실망했을 때, 낙담했을 때, 세상을 버리고 산에 들어가고 싶을 때, 사람을 해치고 재물을 얻고 싶을 때, 높은 지위를 얻고 싶고 고관 자리에 오르고 싶을 때, 꽃을 보고 달을 구경하고 싶을 때, 바람을 기다리고 구름을 바랄 때 상앗대질하는 작은 배가 맞닥뜨린 파도 속에서도, 폭풍에 신음하는 산그늘에서도, 해가 들지 않는 골짜기 밑바닥에서도 나는 늘 너와 함께하며 늦여름 햇빛에 땅이 갈라질 때는 맑은 물이 돼 목을 축여 주기도 하겠다. 섣달 하늘의 구름에서 진눈깨비가 내려 저녁이 춥다면 가죽옷이 돼 주기도 하겠다. 너는 나와 떨어질 수 있는 사람이 아니란다. 나는 너와 떨어질 수 있는 사이가 아니란다. 추미와 선악, 곡직, 사정(邪正), 이것도 없거니와 저것도 없다. 내게 숨길 건 없고 감출 건 없으니 마음 편하고 누긋하게 진정하고, 나의 이 팔에 다가와 이 무릎 위에 눕는 게 어떻겠느냐.'라는 목소리가 마음과 귀에 울릴 때마다 '어디에 사는 누가 이런 다정한 말을 해 주는 걸까.'라는 생각에 엎드려 절했는데, 손끝이 어디에 닿아 제정신으로 돌아올 때면 몸이 불타는 듯한 고열이 느껴졌다.

이렇게 자다 깨다 하며 한 주가 지난 오늘 오후부터 정신이 들어 죽이 목을 넘어갔다. 까다롭지만 매우 친절한 사스케

---

46 아래 와카에 근거.
바보스럽게/소맷자락에 눈물/구슬을 이뤄/나는 막을 수 없네/폭포처럼 흐르니 —「고킨슈」사랑②

옹의 보살핌과 오소요의 대접. 어느 것도 모두 생각에 미쳐 눈물이 나는 고마운 사람들에게 물으니, 앓던 중에 자신은 난폭하게 행패를 부렸고 흥분하는 대로 날뛰며 난리를 피웠다는데, 지금도 오소요의 이마에 나 있는 상처는 자신이 집어 던진 찻잔 때문이라는 말을 듣자 나오지로는 조금도 화난 기색 없이 웃는 그 얼굴을 보기 미안해 새삼 겨드랑이에는 식은땀이 흘렀고 후회의 마음이 머리로 올라왔다. 평소의 제 심정이 드러난 것이 부끄러워 "그것참 무슨 말씀을 드리면 좋을까요. 두 분 말고는 들은 사람이 없습니까?" 하고 떠보자 사스케는 껄껄 웃으며 "들려주고 싶어도 사람이 없는 데다 귀를 세우는 건 천장에 사는 쥐나 벽을 타는 도롱뇽뿐이지. 우리 둘하고 아가씨 말고는 이 대가람에 강아지 한 마리 얼씬하지 않고, 1년 365일 손님이 오는 일도 없고 손님으로 가는 일도 없으니 이 저택에 사람이 없을 때는 어째야 하나 하는 걱정은 없지만, 정신이 돌아왔다면 너도 이제는 쓸쓸함을 견디기 어려울 거야. 여태껏 꿈을 꿨으니 오늘 밤부터는 전혀 졸리지도 않겠군. 잠 못 이루는 베개에 누워 처마 끝에서 불어오는 솔바람을 맞을 텐데, 그런 데 익숙하지 않을 테니 불쌍하구먼." 하고 말했다. "그 아가씨라는 분은 여기에 늘 오셨습니까?" 하고 묻자 "당연하지 않겠나."라고 하니, 그렇다면 꿈도 아니었던 것이다.

'생시일까, 다정한 목소리로 아침저녁 위로해 주신 건. 꿈일까, 무릎 위에서 보듬어 주신 건. 나날이 정신이 들어 가며 눈앞에서 오란 님이라는 말이 들릴 때마다 알 수 없는 마음은 같은 곳을 맴돌았다. 꿈에서 본 보살처럼 우아한 여자가 오란 님이라고 한다면 지금 보이는 오란 님은 마치 사람이 바뀐 듯이, 내게 무정한 건 아니지만 사이에 울타리 하나가 쳐진 것

같구나. 엄한 얼굴이라 다가가기 어려운 기색인데 내가 어떻게 저 손에 매달릴 수 있었을까. 어떻게 저 무릎에 누울 수 있었을까. 슬픈 눈물을 닦으라고 말씀하신 저 소맷자락 가장자리의 가장자리의 가장자리에라도 만일 내 손이 닿았다면 너무도 부끄럽고 두려워 몸이 떨리고 숨이 멎었겠지. 대개 꿈속에 여자가 나오면 기쁘고 마음이 끌리고 더 보고 싶을지라도 가깝게 느껴지는 사람은 없었는데, 이번에는 어머니와 같은 느낌이 들어 지금의 오란 님은 더 보고 싶고 마음이 끌리지만, 그것 말고도 두렵고 겁이 나기도 하니 과연 '몸과 마음도 하나가……'라는 말씀을 하셨을까. 전에 어렴풋이 본 것과는 다른 시마다에다 아름다운 얼굴은 이랬던 걸로 기억되는 꿈속 모습이 그대로이고, 목소리도 아침저녁으로 위로해 주던 그 목소리 그대로여서 기쁘지만, 생각해 보면 이곳도 남의 집이다. 마음을 허락할 수 없는 남의 집인 것이다. 그럼 가야겠구나, 저 다정한 오란 님의 곁도 사양하고.'

5

'그럼 가야겠구나.'라는 생각이 들자마자 나오지로는 잠시도 머뭇거리지 않는 마음으로 활을 떠난 화살처럼 외줄기로 달려가 그대로 사스케를 통해 오란에게 작별을 고했다. 오란은 깜짝 놀라며 "거울을 좀 봐. 아직 얼굴색이 그러면서 어디에 가려고. 아무리 고집이 세도 병을 이길 수 없는 게 사람인데. 그리 성급하게 굴지 말고 차분히 회복하지 그러니. 애초에 말했다시피 이 집에는 조금도 신경 쓰지 말고 삼갈 것도 없으니 몰라볼 정도로 건강해지면 좋겠구나. 서로 소매를 스치는 것도 타생의 인연 덕이라고 하는데, 잠깐이기는 하지만 열흘 넘게 얼굴을 익혔으니 생판 남이라고는 생각할 수도 없는데다 돌아갈 집이 없다는 네 한마디에 내가 걱정될 걸 생각하니 어차피 심상찮은 슬픈 지경을 헤맬 텐데, 네가 본 바와 같은 풍경으로 황폐해져 가는 저택이나 나나 그 끝은 어떻게 될까. 부질없는 신세와 비견해 정말이지 걱정되는 건, 덧없는 세상의 파도에 휩쓸려 떠돌다 지치는 사람이란다. 아무렴 미력한 여자라 얘기를 나눠 봤자 소용없을지라도 영화에 질려 버린 세상 사람이라면 모두 같은 마음일 거야. 내게 거리낌이 있다면 달리 사스케도 있고 오소요도 있다. 저렇게 오래 산 동안에는 보고 배운 게 많아 처세의 길도 모르지는 않을 테니, 그 사람들이면 같이 얘기를 나눌 수도 있겠지. 집은 도깨비 저택처럼 보이지만 인귀가 사는 집은 아니니 너무 겁먹지는 말거라." 하고 말하고는 살짝 웃었다. 이에 나오지로는 '오란 님이 이렇게 말씀하시는 건 내가 무기력하고 시시한 놈이라는 걸 꿰뚫고 나를 놀리시는 걸까? 하지만 정말로 나는 여기를 떠나면 아무 데도 갈 데가 없으니 길에서 병이라도 들면 누가 나를 도와줄까. 그대로 쓰러져 영영 일어나지 못하겠지.' 하며 약한 제 몸 탓에 각오가 꺾이고 말았다. 처음 기세와는 같지 않아 그래도 나가겠다고 우길 수는 없었다.

노부부는 오란보다 몇 배나 더 말을 보태며 "몸이 조금 더 좋아질 때까지는 우리가 부탁해서라도 여기에 더 두고 싶었는데, 아가씨께서 벌써 말씀하셨으니 너는 이제 거리낄 것도 없는 식객이다. 어깨를 펴 네가 생각하는 일도 하고 여기 일도 도우며 열심히 사는 게 어떠냐. 젊은이가 어영부영 날을 보내는 건 더없는 독이니 말이다."라고 해서, 나오지로는 자기에게 맞는 일을 여러모로 거들며 집안 식구처럼 지내자 그에 따라 미안한 마음도 점점 엷어져 갔다. 하루 이틀, 사나흘 그렇다고 저쪽의 호의를 받은 셈도 아니었지만 점점 뿌리가 자라며 자신도 알 수 없는 나날을 그럭저럭 보냈다.

그토록 넓은 저택에 손길이 미치지 않아 나무는 보기 흉하게 우거졌고, 이를 틈타 여름풀이 기세 좋게 널리 뻗었으니 원추리나 넉줄고사리 같은 것은 말할 것도 없다. 베어 내기도 내키지 않는 무성한 잡초를 더듬어 뒤편으로 돌자 몇 아름이나 되는 소나무의 가지가 큰 뱀이 서로 뒤얽힌 것처럼 구불구불했고 아래쪽 가지는 오래된 연못에 잠겨 있었다. 얼마나 깊은 연못일까. 옛날에는 정자가 세워져 있어서 조금 높직한 곳에 지금도 흔적은 보이는 듯했지만 너무도 비참하게 낡은지라 가을바람이 불지 않더라도 해가 넘어가는 저녁나절에는 혼자 서 있을 수 없는 묘한 기분도 들 만했다. 어디까지나 거칠고 고적하게 보이는 집에서 그러잖아도 자주 침울해지던 나오지로는 날이 새나 저무나 쓸쓸한 심사가 온몸을 눌러 와 점점 덧없는 세상과 멀어지는 듯했다.

달도 어둠도 정취가 있는 때는 여름밤이라고 하지만[47] 이러한 집의 달이 뜬 저녁, 고조[48] 주변의 처마 끝이었다면 메꽃이 더욱 눈부셨을 터인 오란의 거처방으로 말하자면 복도를 몇 번이고 도는 먼 곳에 떨어져 있었다. 홀로 생각에 잠겨 있

47 『마쿠라노소시(枕草子)』 1단에 근거.
     여름 하면 밤이다. 달이 뜬 무렵은 더 좋다. 반딧불이가 많이 날아다니는 어둠 역시 좋다.

48 五条. 유가오 첩에 나오는 유가오의 거처가 있는 곳.

는지 불러도 솔바람 소리만이 야단스러운 깊숙하고 깊숙한 곳이었다. 나오지는 두 사람과 함께 현관 근처에서 지냈기에 한 집에 산다고 해도 자연히 멀어져 아플 때와는 달리 터놓고 이야기를 나누는 일도 적었다. 사스케와 오소요도 아가씨를 신령처럼 무척이나 소중하게 받들고 모셔서 '내 목숨은 먼지처럼 버릴지라도 그분을 위해서라면……' 하며 충의는 품었지만, 어디까지나 두려워하고 삼갔기 때문에 '여기에 한창인 이름난 꽃 한 송이를 지게 해선 안 되지. 꺾이게 해선 안 되지.' 하며 금줄을 치고 울타리 밖으로부터 지키는 것처럼 보였다. 가까운 사이에서 비롯되는 의좋음이 없었기에 나오지도 어느새 거기에 물들어 '나는 식객이라 위아래 누구와도 통할 수 있지만 오란 님은 마치 주인처럼 느껴지는구나. 본래 달밤에 바람을 쐬느라 부채를 한 손에 들고 세상 이야기를 소리 높여 하며 낮의 더위를 어린 댓잎을 흔드는 바람으로 떨치거나 모깃불 연기를 하늘로 날리며 가볍게 기분을 푸는 일도 없으니 어찌 알 수 있으랴, 오란 님의 인품도 이 집안의 내력도.' 하고 생각했다. 다만 구름을 잡는 듯한 상상에다 참인지 거짓인지 모를 사스케와 오소요의 이야기를 보태고는, 마쓰카와 아무개라는 재산가가 부세(浮世)에서 헛디디기 쉬운 투기에 걸려들어 꽃인 줄로 바란 산의 백운이 흔적도 없이 사라지며[49] 뒤에 남은 것은 다만 오란의 몸 하나와 딱하게도 짊어지기 벅찬 빚, 이 저택도 남의 소유라는 사정만을 알 수 있었다.

49 아래 와카에 근거.
변해 버리니/사람의 마음이란/흔적도 없네/지는 꽃의 추억이/산의 백운뿐이 듯 — 『신초쿠센슈(新勅撰集)』 봄⑥

6

정원의 풀에 맺힌 이슬이 구슬처럼 이어졌고 부는 바람이 상쾌한 어느 새벽녘이었다. 오란이 여느 때보다 일찍 일어나 "오늘은 아버지 기일이니 꽃을 직접 꺾어서 바쳐야겠다."라고 하며 전지가위를 들고 정원에 나왔는데, "패랭이꽃이라면 뒤편에 핀 것이 아름답습니다."라고 하며 나오지도 뒤따랐다.

언젠가 물으려고 한 이 집안의 사정을 오란에게서 직접 들을 기회일지도 모른다는 생각에 나오지로는 예와 달리 경쾌하게 이야기를 했다. 오란도 기분이 좋아졌는지 백합이나 패랭이꽃과 같은 여러 꽃을 꺾고 나서는 제 것이면서도 정원을 신기한 듯 환하게 구경하며 다녔다. 나오지가 무심한 체하며 "오늘 공양은 아버님께 바치시는 겁니까. 아가씨께서 몇 살 때 돌아가셨는지요." 하고 묻자 오란은 "너도 일찍부터 혼자였다고 했지. 나와 많이 닮았구나." 하며 미소 지었다.

"이 비탈을 내려가 저기서 좀 쉬자. 지치면 얘기도 하기 싫으니."라고 해서 나오지로가 "이만 돌아갈까요?"라고 하자 오란은 "아니, 아니야. 조금만 더 있자."라고 하며 미끄러운 이끼가 낀 좁은 길을 내려갔다. "조심하세요."라고 하자 오란은 "미안한데 어깨를 좀 빌려 주렴." 하고 불쑥 기대며 그곳을 내려갔다.

내려가자 예의 연못 기슭이 나왔다. 평평한 나무 그루터기 위를 털며 "여기 앉으시죠."라고 하자 "고맙구나. 오늘 아침에는 동생의 보살핌을 받는 것 같네. 너도 여기에 앉아 쉬면 좋겠는데." 하며 반을 양보했다. 이에 나오지는 "어떻게 그런 과분한 말씀을." 하며 마른 풀 속에 외따로 웅크려 앉았다.

"너도 부모님이 일찍 모두 세상을 떠나셨다고 했지. 나도 어머니의 얼굴은 모르고 아버지 손 하나에 자라서, 보고 싶고 그리운 건 배로 느껴지는구나. 평소에는 괜찮아도 기일에는 더 생각이 나, 풀려고 해도 기분이 맑아지지 않는 게 바로 오늘이란다. 너도 이런 느낌을 알겠지."라는 말에 나오지도 "정말 그렇습니다." 하며 눈물을 머금었다. "그런데 아버님은 몇 년 전에 보내셨나요. 아가씨 부모님이라면 아직 젊으셨겠네요." 하고 묻자 오란은 "음, 젊으시다고 할 정도는 아니란다. 헤어진 건 8년 전. 되돌아보면 정말 꿈만 같은 헤어짐이었지."라고 했다. "그럼 갑자기 병에 드셨다는 말씀입니까?" 하고 캐묻자 "병은 무슨. 우리 아버지는 여기 이 연못에 몸을 던지셨단다."라고 했다.

깜짝 놀라 파랗게 질린 나오지의 얼굴을 비스듬히 내려다보며 오란은 차가운 눈웃음을 지었다. "물 밑에도 도읍은 있다고 노래하며 황제를 뫼신 비구니는 어떤 마음이었는지 모르겠지만,[50] 우리 아버지는 이승의 괴로움에 질려 어디든 조용히 잠들 곳을 바라셨단다. 물결은 겉으로 일렁이는 듯 보이지만 생각해 보면 저 밑은 조용하겠지. 어두울까, 밝을까. 세상이 괴로울 때 숨을 곳으로는 산언저리도 얕고 바닷가도 소용없을 거야. 단지 저 연못 아래만이 살기 좋은 곳이겠지." 하며 오란은 조용히 연못 물을 바라보았다.

바람이 소나무 우듬지에 소리 높게 불자 이윽고 잔물결이 연못에 일었고, 뒤에서 풀이 산들거리는 것에도 눈이 갔는데, 오란은 여전히 일어나려고 하지도 않으며 "너는 왜 그리 딱딱

---

50 『헤이케 모노가타리(平家物語)』 11권 「선황제 투신」의 한 장면.

하게 앉아만 있니. 나만이 아니라 너도 무슨 이야기를 들려주렴." 했다. 나오지가 말문이 막혀 고개를 푹 숙이자 오란은 "난감한 사람이네. 사내가 여자같이." 하며 웃었다. '새삼 사라지지 않는 마음의 두려움이 안색에 드러나 웃으신 걸까? 무기력한 나에 비해 오란 님은 얼마나 강한 마음을 가졌기에 저토록 차분하게 술 얘기를 이어 가실까. 나는 듣기만 해도 간담이 서늘한데.' 이를 말로 하지는 않고 나오지는 오란의 얼굴을 보았는데, 과연 그렇게 생각한 탓인지 창백하게 보였다.

　"하지만 이 얘기를 남한테는 들려줄 수 없단다. 입이 험한 게 세상 사람들이라지만 우리 아버지의 일이라 분하구나. 너도 이 얘기를 알면 우리 집안을 꺼림칙하게 생각할까? 그럼 얘기하지 않는 거였는데." 하고 오란이 기색을 바꾸고 말하자 "어떻게, 어떻게 그런 생각을 할 수 있겠습니까. 또 물론 다른 데 말할 일은 없으니 전혀 걱정 마십시오."라고 했다. "정말 동생처럼 생각하는 편한 마음에서 마음속까지 들춰 보여 부끄럽구나. 모두 듣고 흘리렴. 이제 가자." 하고 일어나자 나오지는 "꽃은 제가 들고 가겠습니다."라고 말했다. 오란은 "아니, 그보다는 손을 좀 도와 다오."라고 하고는 예의 샛길에 들었을 때 희고 아름다운 손을 나오지의 어깨에 얹으며 물었다. "덩치는 작아 보이는데 역시 남자는 키가 크구나. 너는 몇 살이니. 열아홉? 스물? 나보다 좀 어린 것 같은데. 나는 몇 살쯤으로 보여?" "한두 살 누님이 아니신지요." "어머나, 천만에. 잎이 마른다고 하는 서른이 머지않은 스물다섯인데." 나오지가 "어쩜 그렇게 젊어 보이십니까?"라고 하자 오란은 "그건 칭찬이니, 욕이니." 하며 얼굴을 붉혔다.

여자는 점잖고 다정하기만 하면 족할 터다. 어설피 지닌 외곬의 뜻이 좋은 기회를 만나 좋게 되면 모르겠지만, 덧없는 세상의 풍파를 역으로 맞고 두 줄기 갈림길에서 어느 쪽으로 간다고 결심해야 할 때, 불운이 부추긴 탓에 불꽃이 엉뚱한 데서 타올라 버리면, 부처님, 공자님 두 분께서 손을 붙잡고 충고하신다고 해도, '헛된 설교는 하지 마시라. 듣지 않겠다. 듣지 않겠다.' 하며 뿌리치는 눈에는 눈물이 고여 있으면서도 '눈물을 보이지 않겠다. 흘리지 않겠다.'라고 생각할 수 있는데, 이것이 바로 부세의 고집, 아만(我慢)이라고 하는 것이다. 하늘이 내려 준 여질이 좋아 얼굴이 고울 뿐 아니라 기호도 점잖고 좋은 환경에서 자랐기에 이대로 남의 아내로 불리기라도 했다면 나무랄 데 없는 결백 무구한 처녀였으나 부질없는 것은 오란의 신세였다. 천지에 하나뿐인 아버지를 잃었는데, 차라리 병을 앓아서 몇 날을 보살피며 약이라도 써 보고 그렇게 되었다면 천명인 줄 알았겠으나, 세상에 사기꾼이라는 비난을 남기고는, 믿기지 않게도, 스스로 물 밑 거품처럼 사라지고 말았다. 그렇게 된 원인의 죄가 무엇인지 알았다면 과연 하늘은 공평하다고 말하기 어려울 것이다. 입만 열면 정의를 부르짖는, 수염도 근사하게 기른 분들 중에 진짜 죄가 있어 안절부절못한 사람이 있었을 텐데, 아랫사람으로 부림을 받은 부친은 가엾게도 그 선도 역을 맡는 처지가 되었던 것이다. 독이 든 밥상을 받고는 홀로 희생을 치렀으니 뒤에 남은 사람들은 두 다리를 쭉 뻗었을 것이고, 봄밤의 꿈에서 꽃이라도 보았을 것이다. 그렇다고 하면 은혜가 있는 남은 딸에게 적어도 이슬만큼의 인정은 줄 법도 한데, 무너져 가는 대문에는 더 이상 마차가 멈추지 않았고, 그 집에 갔다가 세상의 입이 수군거릴 것을 무서워했으니 더러운 것은 다름 아닌 인심이 아니랴. 협곡의 물 위에 뜬 나뭇잎 배에 올라, 그러한 거친 흐름에 탄 오란은 서글픔과 두려움, 분함이 어린 마음에 사무쳐 '좋다. 그럼 나도 아버지의 자식이니 해내 보이리라. 악이라면 악이라도 좋다. 선이라고는 본디 말할 수 없는 내력의 겉을 조용히 감추고는 일을 한번 저지르고 쓰러져 버리면 그만이다. 아버지가 황천에서 손짓하고 계시니 구품연대[51]가 상품(上品)은 아닐지라도 괜찮은 보금자리는 저세상에도 있겠지. 그렇다면 꿈길에서 노니리라.' 하고 마음을 굳혔는데, 이것을 과연 제멋대로 엇나간 뜬마음이라고 할 수 있을까. 때에 마음이 사로잡혀 눈물이 가슴속에서 한쪽 볼에 미소를 지었다. 올려다보는 처마는 나날이 낡아 갔지만, 다시마일엽초에 맺힌 이슬을 보고 무심히 풍류를 말하는 처지에는 이런 남모를 사연이 속에 있었던 것이다.

　해서는 안 되는 것이 사랑이다. 색(色)이 있는 가운데 어지러운 염색 천처럼 어수선한 마음…… 차라리 미치노쿠에 있다고 하는 관문처럼 사람을 꺼리며 격조했음을 사과하는 것이 나으리라.[52] 걸고 걸리는 조승의 괴로움은[53] 욕망에서 나오는

51　아홉 가지로 차등을 두어 나눈 극락의 연꽃 대좌.

52　연인이 방문함을 거절한다는 의미가 겹쳐진 나코소노세키(勿来関)를 말한다. 나코소(な来そ)는 '오지 말라'라는 뜻이다. 미치노쿠는 현재의 후쿠시마, 미야기, 이와테, 아오모리 네 개 현에 거의 상당하는 지역에 대한 고칭.

53　아래 와카에 근거.
　이세 바다에/어부가 내린 조승/멀리 뻗어가/연신 괴롭다고만/생각하는 것일

관계인 것이다. 한 사람은 진심으로 사랑한다고 해도 서로 얽히지 않았기에 외올실과 같은 마음이 든 것일까? 그 무렵 반초에 나미자키 다다요라고 하는, 중의원에 미남이라는 평판이 있는 소년 의원이 있었다. 멀지 않은 현에서 선출된 당시에 성가신 소문도 예상사라고 여겨 그것이 흠이 되지는 않았지만, 마쓰카와 집안과의 사이에는 비밀이 숨겨져 있었으니 지금 가진 재산도 절반은 어디서 나왔으랴. 살아 있을 때는 수어지교를 모르는 사람이 없어 좋은 사위를 얻었다고 흘린 한마디를 기억해 두는 사람도 있었는데, 뜬구름이 뒤덮여 홀연 부상[54]에 어두운 그림자가 지자, 없었다고 하면 그만이라는 생각에 외국 유랑으로 세월을 보내다 돌아온 것은 마쓰카와가 이미 세상을 떠난 뒤였다. 그러고는 현재의 세력으로 옛 먼지를 털어 내고 다시금 그 방면으로 사람을 꾀어냈다. 관취라는 여자가 모르는 냄새가 나는 당(堂)에서는 사위라는 까닭에 끗발이 있었고,[55] 연설이 능해 사람들을 감동시키기도 한다는데, 그것도 당연하다. 입발림이 좋지 않으면 그러지 못할 터다. 그래도 혹시나 하는 마음에 이끌려 스물다섯 살 가을까지 가엾게도 오란은 홀로 선잠을 자며 꿈을 매듭짓지 못했다. 누구를 위해 지키는 정조인가. 소나무의 변치 않는 녹음의 색도 이래서는 소용없는 버려진 것이었기에 오란은 제 신세를 되돌아보고선 '부세에서 마지못해 먹빛으로 소매를 물들였지만 사가노[56]

까 ― 「고킨슈」사랑①
조승은 낚싯바늘이 달린 줄.

54 扶桑. 고대 중국에서 해가 뜨는 동쪽 바다 속에 있다고 여겨지던 신성한 나무.

55 나미자키가 마쓰카와 집안을 멀리하고 다른 고위 관리의 사위가 되었다는 것.

56 さが野. 현재의 교토시 우쿄구에 있던 들판. 예로부터 은둔자가 암자를 지었던

는 멀다. 여기에서라도 은자가 되려는 것도 흔한 일이지만, 얄미운 남자 마음에서 질려 버린 기색을 홀로 보고 어설픈 불심으로 어쩔 수 없이 단념하는 것, 그것도 싫구나. 차라리 미친다면 세상을 어둠으로 삼고, 뜻대로 된다면 천세 뒤까지 꽃과 단풍을 보고 싶은 여자가 돼 버리자. 그럴 수 없다면 한때의 영화를 얻고 뒷일은 어떻게 되든 산길의 이슬처럼 사라지는 것도 좋지. 내가 생각해도 야차와 같은 여자의 본성이 참으로 무섭지만 이렇게 변해 가는 건 여태 겪은 사람 때문이야. 분한 마음을 버려야지. 원망하지 않아야지. 덧없는 세상은 꿈이니까.' 하며 사랑을 길잡이 삼아 비참한 생각을 했으니, 과연 무서운 것은 눈물을 흘린 뒤의 여자 마음이다.

8

올여름도 지났고 가을은 어느덧 싸리 잎에 바람이 살랑거리는 무렵도 지났다. 마쓰카와 저택의 시간은 어떻게 흘렀을까. 오란, 사스케 부부, 나오지도 변한 것은 거의 없었다. 다만 나오지가 오랫동안 열심이었던 의학 공부를 포기했다는 것만이 변했다면 변한 것이었다.

"꼭 하겠습니다. 어떤 고생을 한다고 해도 하겠습니다. 정신을 집중하면 무슨 일이든 하지 못한다는 법은 없고, 저도 남자이니 한 말을 뒤로 무르기는 어렵습니다. 지금까지 호되게 고향 녀석들한테 깔보였고 여기에 와서도 경멸당하며 바보

곳이다.

취급을 받았으니 더 그렇습니다. 보기 좋게 관철하지 않으면 기골도 없는 남자인 셈입니다. 제가 그런 줏대 없는 사람으로 보이십니까?"하며, 늘 그 이야기가 나오면 시퍼런 핏줄을 드러내며 다다미 바닥을 쳤기에 사스케는 엄한 얼굴로 바로 보며 "참, 분수를 모르는 놈이로구나. 의사가 된다는 건 토란 농사, 무 농사하고는 아예 다른 얘기라니까? 어째도 안 되는 일은 포기해."하고 충고했다. 오란은 이를 가만히 듣다 "그리 불쌍하게 나무라지 않아도 된다. 그렇게 굳게 마음먹었으니 하지 못할 거라고 말할 수는 없겠지만, 사람들이 바람에 불리는 싸리 잎처럼 서로 스치며 자라다 함께 시들어 버리는 건 흔한 일이고, 경쟁하는 사람도 매우 많겠지. 해마다 어려워지기도 할 테고. 또 학비가 나올 데가 없으면 더 어렵지 않을까. 그래서 네가 정신을 집중한다느니 하는 말을 하는지 모르겠지만, 네가 소중히 여기는 청렴결백이라는 건 지금 세상에서 돌기와와 같은 거란다. 이런 말은 꺼내기도 싫지만 사람이 좀 둥글어지지 않으면 생각하는 일은 이뤄질 수 없을 거야. 이 말이 이해됐다면 생각하는 일은 그래도 열심히 해 나가는 게 좋겠지만, 아무래도 그쯤에서 더는 어렵지 않을까."하고 말했다. 이에 나오지는 "고향을 떠난 뒤로 마음은 외길로 치달아 앞뒤를 돌아보지 않았습니다. 무슨 일이 있어도 해 나가겠다고 말한 혀를 제 손으로 뽑고 싶지는 않습니다만, 여기서 맞고 저기서 맞고, 또 욕을 얻어먹다 끝내 인력거에 치여서는 조금만 잘못됐으면 평생 불구가 될 수도 있는 정도로 다친 끝에, 동정인지 사랑에서인지는 모르겠지만, 구해 주신 은혜가 큰 아가씨도 덧없는 세상에서 똑같은 가을바람을 맞으며 대문과 담장이 허물어져 가는 와중에 아름다운 옥이 먼지를 쓰는 아침저녁의 모습이 서글픈데, 천제(天帝)는 결코 착한 사람을 편들어 주지 않는 걸까요? 제 할아버지, 어머니, 그리고 저까지 날벌레 한 마리도 쉽게 죽이지는 않았을 겁니다. 동네 개가 가엾게 굶주리면 우리 먹을 것을 조금 나눠 줘도 되지 않을까 하는 마음이었죠. 정말이지 세상에 적을 만들어 미움받는 사람이 설 자리마저 없어질 줄은 몰랐습니다. 새삼 세상에 아양을 팔아 처음의 뜻을 이루게 된다고 해도 그때까지 거쳐 갈 길이 너무나 싫습니다. 도저히 참을 수 없는 건 흙 묻은 짚신을 들어 주며 개처럼 웅크리는 겁니다.[57] 그렇게 벼락출세를 해서 의술은 인술(仁術)이라고 하며 점잔 뺄 걸 생각하면 역겹군요. 이제는 이 일도 그만두겠습니다. 그만두어야 하겠습니다. 생각을 접어 버려야 하겠습니다. 저는 덧없는 세상의 무능한 원숭이가 될지언정 추잡한 남자는 될 수도 없을 겁니다." 하며 그날로 깨끗이 단념해 버리고는 두 번 다시 의학 이야기는 꺼내지도 않았다.

한편 나오지는 "그렇지만 갈 곳은 없습니다. 세상이 원수니까요. 바람이 헛되이 되고 나서 '이 몸을 어쩌면 좋을까. 어쩔 도리도 없는 몸을 버릴 곳은 어디일까.' 하며 찾으니, 바자울 너머 황폐한 정원에 가을 들풀이 우거진 곳에 세찬 바람이 부는 걸 슬퍼하는, 마타리와도 닮은 오란 님이 가엾게 느껴졌습니다. 저는 원래 어리석습니다. 오란 님은 여자이시지만 헤아리기 어려운, 저 같은 겁쟁이에게는 있을 수 없는 의지가 아무리 강하다고 해도, 기댈 사람이 없는 고독한 처지로 기우는 큰 집을 어떻게 나무 하나로 받치겠습니까. 사스케, 오소요

57　도요토미 히데요시와 관련한 고사.

한테도 그 한 몸을 아가씨께 바치리라는 충의가 있겠지만, 제가 보기에는 아직 모자랍니다. 연약한 여자를 주인으로 모시고 있으면서 불면 질 꽃 앞의 폭풍을 막을 그 소맷자락이 너무도 좁아 보입니다. 두 사람은 모두 선조 대대로 인연도 있겠지요. 저는 어제오늘 은혜를 받은 처지이지만 정의 이슬인 감로에 젖었으니 어느 쪽에 나이가 많고 적음을 물을 수 있겠습니까? 말이 좀 많은 것 같지만, 나는 오란 님에게 목숨과도 같다는 이 한마디를 저는 맹세로 삼았고, 내심 덧없는 세상의 여러 가지를 포기했기 때문에 제가 죽고 사는 건 제 마음에 달렸습니다." 하며 오란에게 다정한 동생이 되어 주었다.

사람 마음은 참 희한하다. 나오지가 오란을 생각할수록 사스케 부부는 나오지에 대한 가여움이 사라져 갔다. 생판 남이었던 처음에 업고 들어와 보살펴 준 친절은 겉꾸밈 없는 진심이었기에 지금도 여전히 새삼 쇠해질 이유는 없지만, 사스케는 "하나에도 오란 님, 둘에도 오란 님 하며 마치 제 주인님인 것처럼 나서는 게 참으로 무식한 놈입니다. 갓난아기 목욕을 시킨 옛날부터 안아 드린 제게도 속생각의 절반은 남기고 아가씨의 뜻을 따르는 게 세상의 예(禮)인데, 잘 곳 없는 놈이 길거리에서 죽을 뻔한 걸 면해 준 은혜는 모르고 아가씨의 동생인 양 얼굴을 보이니 너무나 얄밉습니다. 그런 무식한 놈은 얼굴을 똑바로 보고 마구 퍼부어 주지 않으면 아무것도 모를 겁니다." 하며 독설을 내뱉는 데 거리낌이 없었기에 걸핏하면 요사이에 나잇값도 하지 못하는 말다툼에 열을 올렸고, 어느 쪽에도 손을 들어 줄 수 없던 오란은 이 때문에 홀로 애태우기도 했다.

9

해 질 녘이 좋은 가을, 눈부신 석양을 보고 둥지로 서두르는 까마귀 소리가 쓸쓸한 즈음에[58] 웬일로 어두운 무지 옷을 입은, 나미자키 집안에서 온 사자라고 하는 차부가 편지를 넣은 갑을 들고 찾아왔다. 때마침 오란은 바자울에 핀 국화가 햇빛에 아름답게 비치는 풍경을 보고 있었는데, 오소요가 말을 전하며 오랜만에 편지가 왔다고 하며 내밀자 "이상하네. 새하얀 소매는 아니었는데."[59] 하고 받아 들고는 거처방으로 돌아갔다. 글이 매우 길어 종이 길이가 한 장(丈)은 되었을 터다.

오래 격조한 것을 원망스럽다고 말씀하시지도 않는 건 무정한 처사가 아니신지요. 세상일이 끊일 새 없어 마음은 당신의 집에 오가고 있지만, 덧없는 세상은 역시나 갈대를 헤치고 가는 작은 배처럼 지장이 많군요. 그래도 오늘은 휴가를 얻어 소메이에 있는 조용한 별장에 혼자 들어앉았습니다. 이유는 알아서 헤아려 주셨으면 합니다. 남의 눈이라는 성가심 없이 하고 있는 생각도 전하고 싶지만, 제가 거기에 찾아가는 건 보는 눈이 꽤 마음에 걸리는군요. 이 인력거로 바로 오시지요.

---

58 『마쿠라노소시』 1단에 근거.
　　가을 하면 해 질 녘이다. 석양이 비쳐 산의 가장자리가 매우 가깝게 보이는 곳에 까마귀가 잠자리로 돌아가느라 세 마리, 네 마리, 두세 마리로 무리 지어 서둘러 날아가는 것도 정취가 있다.

59 아래 와카에 근거.
　　머리말: 국화 곁에서 사람이 사람을 기다리는 모습을 읊었다.
　　꽃을 보면서/누굴 기다릴 때면/하얗디하얀/소매인가 싶게만/잘못 보이는구나 —『고킨슈』가을(하)

하고 묽은 먹으로 쓴 달필이었다. 그 옛날이라면 더할 나위 없이 기뻐했을 것이다. "오소요야, 이거 좀 보렴. 나미자키 님은 여전히 빈틈이 없으시네."라고 하며 특별히 좋아하지도 않는 오란의 표정을 수상한 듯이 지켜보다 오소요가 "아가씨께서는 그렇게 차분하게 계시지만, 모처럼 휴가를 보내고 계시니 그분이 들뜬 마음이신 건 말할 것도 없겠죠. 조금이라도 빨리 채비하세요. 인력거도 기다리고 있으니." 하며 재촉하자 오란은 "어머나, 할멈은 내게 그쪽으로 가라는 거야? 정말 단순한 사람이구나." 하고 웃으며 답장을 썼다.

가끔 오던 편지에 넘어가 마음이 혹한 것은 옛날이다. 지금의 오란은 그런 다정한 아가씨 기질을 버렸기에, 남의 기분을 맞추는 낡은 수법으로 한 말을 고맙게 여겨 별장에 인사까지 하러 가는 수치는 내보일 수 없었다. '무정하다느니 해도 소식을 뚝 끊어 버리는 건 세상에 흔한 일이라고 생각해 단념도 있었는데, 언제까지 얄미운 남자 지위를 뽐내며 나를 놀리려는 걸까. 아버지께서는 사기꾼이라는 오명은 썼지만 서툰 광대라는 말은 듣지 않으셨어. 사랑 때문에 남의 눈을 피한다는 건 겉바른 소리. 온다면 캄캄한 밤도 있으니 천 리 길을 맨발로 걸어오면 그때는 성의가 보이겠지만, 우리 집에서 멀지 않은 소메이 별장에서 달의 며칠을 보내다니, 그건 신문을 기다리지 않아도 모두가 알 수 있는 일이지. 일부러 길을 돌아가 우리 집을 자기와 전혀 상관없이 여기고, 어쩔 수 없을 때는 차부를 쏜살같이 뛰게 해서 여자 하나와 마주치면 안 된다는 걱정을 하다니 가소롭구나. 나 때문에 천지가 좁다고 생각하는 걸까. 너무 갑갑해 자유로워지고 싶다면 차라리 '당신을 속여 내가 미안하다. 다 시세(時世) 때문이니 그만 단념하시

라. 정당한 아내라고는 말하기 어렵겠지만 마음은 평생에 걸쳐…….'라고 하며 나를 어디까지나 그늘에 있는, 남들이 모르는 신세로 삼아 버리면 앞뒤로 걱정할 게 없고 속 편한 처사일 텐데. 정말 마음에 걸려 언젠가는 앙갚음할 여자라고 생각한 걸까. 당연한 걱정이지. 가만히 있을 나일까? 하지만 뒷골목 셋집의 부부가 남한테 질린 것과는 사정이 다르니, 신분상 세상의 공격에 설 자리가 없어지는 그런 수치는 서로 보일 수 없겠지. 어느새 원망이 편하게 느껴지는구나.' 하며 오란은 남모를 마음속으로 차갑게 웃었다.

답장은 짧았다.

때마침 감기에 걸려 흐트러진 모습을 보이기 부끄럽네요. 꽤 오래 찾아뵙지 못한 것을 괴롭게 생각하고 있으니 용서해 주세요. 다음에는 꼭 가겠습니다.

이렇게 겉으로는 어디까지나 다정하게 꾸민 편지를 쥐여 사자를 돌려보냈다.

나미자키의 인력거는 이 대문을 지나는 일이 있다. 나오지가 치인 그날 밤의 인력거도 제등에 벚꽃 무늬가 있었는데, 오늘 온 차부가 입은 겉옷에도 벚꽃 무늬가 수놓아져 있었다. 그 둘은 같은 것일까, 다른 것일까. 나오지는 그 사자가 왔을 때부터 전에 없던 일이었기에 미심쩍은 생각을 마음에 두며 시종 주시했는데, 돌아가는 뒷모습을 본 그때 수놓인 벚꽃 무늬에 문득 저도 모르게 눈이 간 것이다.

저 사람은 어디서 온 사자냐는 물음에 "그렇게 시시콜콜 물어서 뭐 하려고. 사람이 사는 집이니 사자가 올 수도 있지."

하고 사스케가 쌀쌀맞게 대답하자 나오지는 "그렇게 말씀하시면 할 말은 없지만 어디서 온 사자라는 것쯤은 알려 주셔도 좋지 않을까요. 시비를 거는 그런 가시 돋친 말씀은 굳이 안 하셔도 될 거 같습니다만." 하며 고개를 숙이며 나왔다. "거참, 네가 들어 봐야 도움될 건 없다니까. 아가씨한테 온 편지니 사정은 아가씨가 아니면 모르지. 나미자키 님이라고, 신문에도 나오는 의원님한테서 온 사자였어."라는 말에 "그 사람은 친척이기라도 한가요? 여기에 오신 적은 없는 것 같은데, 제가 오기 전에는 오시기도 했나요?" 하고 묻자 사스케는 "그건 이야기가 긴데…… 들어서 대체 뭐 하려고?" 하며 비웃었다. "뭐를 할 건 아니지만 겉옷에 있는 무늬가 그날 밤에 본 무늬와 똑같아 왠지 마음에 걸려서요." 하고 이야기하자 사스케는 "그럼 그 차부를 잡아서 새끼손가락 하나라도 분지를 작정이었나? 집념이 무서운 놈이네. 전생에는 뱀이기라도 했나? 그런데 그날 밤 원한을 아직도 잊지 않았다니 놀랍고도 미덥구면. 은혜라고는 오래전에 잊은 것 같아 원한을 품는 근성도 없을 줄 알았는데, 정말 놀라운 놈이네." 하며, 마침 무슨 신경에 거슬렸는지 나중에 되돌아보면 부끄러울 말을 나오는 대로 내뱉었다. 평소라면 나오지로는 게거품을 물고 다투었겠지만, 한 생각에 얽매여 고민하고 있었기에 거기서 끝났다. 그날 밤 오란 곁에서 나오지로가 거짓 없이 눈물을 머금고 고백하는 것을 엿들었다면 사스케는 함께 무명 솜옷에 눈물을 적셨을까. 그 사내가 어쩐지 생기 없이 풀죽은 모습이 된 것은 꿈에도 몰랐던 것이다.

10

아, 서른한 자로 풍아는 가장한다고 해도 어린 마음은 언제 사라진 것일까. 성의는 어리석음과 같은 것이었다. 그날, 밤이 이슥해지고 등불 곁에 있던 오란을 놀라게 하며 눈물에 젖은 얼굴을 보였으니 예삿일은 아니었다. 다다미 바닥에 두 손을 대고 삼가는 나오지의 모습에 오란은 왜 그러느냐고 하며 불안해하다 "삼갈 것 없는 내게 그런 신경은 쓸 필요 없단다. 생각을 그대로 말하렴." 하고 다정하게 말하자 나오지는 견디다 못해 무릎에 눈물을 흘리다가 마음먹고는 "저를 이 집에서 내쳐 주십시오."라고 한마디 했다. 밑도 끝도 없어 무슨 일이라고도 생각하지 못해 "또 다퉈서 그러니? 늘 말하다시피 노인이 외고집으로 삼가지 않고 잔소리하는 걸 마음에 둬선 하루도 견디지 못할 테고, 그 사람도 결코 악의는 없이 너 좋으라고 하는 말이니 근심할 일은 아닐 텐데, 대체 왜 그리 화가 났어." 하며 전처럼 달래자 나오지는 "아니, 아닙니다. 아무 말도 듣지 않았으니 싸움도 물론 하지 않았습니다. 다만 제 신세에 정나미가 떨어져 더는 이 세상을 살기 싫어졌습니다." 하며 다다미에 넙죽 엎드려 울었다.

"나오지야, 너 죽을 작정이야? 진심이니? 응?" 하며 앉음새를 편히 고치며 묻자 나오지는 "거짓으로 죽을 수는 없겠죠. 언젠가 안뜰을 걸었을 때, 연못에서 돌아가신 아버님 얘기를 들려주시며 저 아래만은 덧없는 세상을 벗어나 조용할 거라고 하신 그 말씀을 지금도 잊지 않았습니다. 어지러운 가슴속은 날이 새나 저무나 조금도 쉬지 않아 조용한 때가 없습니다. 세상에 태어난 뒤로 불행하고 불운한 처지이니 이 삶을 불운 속에서 끝낸다면 제 본분을 다하는 걸까요? 신세를 진 지도 오늘로 몇 달이 됐습니다. 거짓말이 아닙니다. 아가씨는 제게 큰 은인입니다. 아가씨 소맷자락에 숨은 뒤로 세상이 재미있고 아름답다고 생각하기도 했지만, 그것이 제가 세상에 나와 느낀 처음이자 마지막이었습니다. 저는 이제 분명히 깨달은 게 있어, 더는 이 지긋지긋한 세상에 머물지 않으려고 합니다. 그래도 미련인 것 같지만, 정이 깊은 아가씨께 아무 말도 없이 이 세상을 떠나기는 괴로워, 인사는 오래 드리고 싶지만 말주변이 없으니 이것도 분하군요. 아가씨께선 부디 오래오래 별 없이 사시며 출세하시기 바랍니다. 저는 이번 생에는 어리석은 사람으로 태어났기에 아가씨께 도움이 될 생각은 할 수 없지만, 혼이 돼서는 반드시 아가씨를 지키겠습니다." 라고 했는데, 목메어 울면서 하는 그 말이 슬프다.

　"저는 왜 아가씨께 끌리는지 모르겠고, 왜 아가씨가 보고 싶은지 모르겠지만, 하루가 하루보다 길어지고 한때가 한때보다 늘어나, 제 마음이 아가씨 가슴 주변으로 이끌리는 것 같았습니다. 나날이 아가씨 얼굴을 보고 목소리를 들으며 그걸로 만족하면 문제없겠지만, 다만 알 수 없이 마음이 불타는 것만 같고 제가 생각해도 알 수 없는 마음에 자책하던 끝에, 가만히 돌아보니 매우 죄스러운 부끄러운 마음이 어딘가에 숨어들어, 바로 그것 때문에 생긴 괴로움인 줄 깨달은 지금, 이 몸을 갈가리 찢어 높은 나무 위에라도 매달고 싶은 마음이 드는 건 오늘 저녁에 온 사자가 아가씨와 인연이 있는 사람이 보냈다는 걸 알았기 때문입니다. 이런 말씀을 드리면 안 되겠지만, 저는 정말 질투가 났습니다. 분했습니다. 게다가 보지 않았으면 좋았을 차부의 겉옷에 원한이 사무친 벗풀 무늬가 있어서, 제가 거의 신경병자[60]처럼 보이시겠지만, 그날 밤 인력거 위로 얼핏 본 수염이 성긴 남자가 바로 그, 그 나미자키라고 하는 자, 국회의원이라고 하니 세상에서는 분명 존경받을 터인 그 사람이 바로 그자인 것만 같아, 그건 망상이라고 몇 번이고 생각했지만 머리를 떠나지 않으니 소용도 없군요. 큰 은혜가 있는 아가씨의 연인을 원망스럽게 생각하는 저는 이제 아가씨의 원수가 된 겁니다. 이대로 이 생각이 심해지면 어떡해야 할까요. 무섭다는 생각이 든 뒤로 저는 정말로 제 몸을 버리고 싶어졌습니다. 제가 죽으려는 것은 아가씨께 해를 끼치지 않기 위해서입니다. 혹시 제 상상이 잘못됐고, 오늘 받으신 편지에는 그 증거가 없다고 해도 제 마음이 이미 타락한 건 분명하고, 맑지 않은 생각 밑에 숨어 있는 이상 저는 대죄를 저질러 버린 몸입니다. 겉으로는 어떻게든 꾸며 남의 눈을 속인다고 해도 늘 아가씨를 따라다니는 마음을 생각하니 부끄럽군요. 저는 아마 아귀도에서 아름다운 아가씨 목소리를 생각할 때마다 몸을 태우는 불꽃이 돼 고통을 느끼겠지요. 그런데 사람 마음은 참 미덥지 못하네요. 저 스스로 오늘까지 있던 일을 떠올리는 데서도 시간이 지나고 나니 저도 제가 아닌 제가 돼 '얼마나 무서운 짓을 할 수 있을까. 곧 사라질 몸은 받은 은혜 만분의 일도 갚지 못했지만 적어도 해는 끼쳐 드리지 않아야지.' 하고 멋대로 생각했으니, 고얀 놈이라고 생각하신다 해도 죽고 나면 명복은 빌어 주십시오." 하며 나오지는 진심에서 눈물이 나와 말이 떨렸고 다다미에 댄 손을 들지도 못하며 송구스러워하는 모습이었다. 가련함이란 이를 말하는 것일까.

<hr>

60 '신경병(神経病)'은 메이지 초년의 유행어. 노이로제.

"사랑은 종잡을 수 없는 거라고 누가 말했을까. 사랑에 진심은 없다고 누가 말했을까. 어제까지 가진 술회는 내가 생각해도 부끄럽구나. 나오지야, 너는 나를 그렇게까지 생각했니? 나는 너를 생각하는 게 그 정도는 아니었는데. 나는 너를 가엾게는 생각했지만 목숨을 걸 정도로 사랑한다고는 생각하지 않았다. 오늘 이 시간부터 너는 정말로 사랑하는 사람이 됐다. 진심이란다. 여태 나는 내 입으로 사랑한다고 말한 사람은 없었기에 진심으로 평생을 가는 사랑은 하지 않았단다. 부세를 모르는 소녀였던 예전에 나를 어지럽힌 건 봄바람이었을까. 재지나 용모와 같은 겉모습에 흔들려서 오늘 낮에 받은 편지의 주인인, 이제는 보기도 꺼림칙스럽지만, 나미자키라는 사람과 만나기도 했단다. 이 말을 듣고 나를 부정한 여자라고 생각하는 것도 괴롭지만, 나는 정조를 지키지 않은 게 아니라 반첩여의 규방에 있는 부채처럼 가을바람에 앙얼을 입은 거란다.[61] 나를 버린 사람한테 원망을 하는 건 푸념이지만, 괴로운 부세에서 나는 농락을 당했을 뿐이니 너무 무섭게 생각하지는 말거라. 어느새 마음에 마신이 들어서일까. 너 같은 다정한 사람 앞에서 부끄럽게 느끼는 나는 악인이겠지. 이것도 네가 싫어하지 않을 수 있을까? 무섭다는 생각이 들지 않니? 그럼 오늘부터 내 마음의 남편이 돼 주려무나. 이 오란을 네 아내라고 부르려무나.

---

61 한(漢)나라 성제(成帝)의 궁녀인 반첩여가 군총이 쇠한 자신의 처지를 가을의 부채에 비유해 「원가행(怨歌行)」을 읊었다는 고사에서.

하지만 이 세상에서의 연은 없는 걸로 단념해 다오. 나도 단념할 거란다. 고마운 네 마음을 알면서 이런 말을 내 입으로 하는 건 어렵지만 말이다. 더없이 마음이 아프지만 덧없는 세상에서 불운한 만남을 겪었다고 생각하려무나. 나를 정말로 사랑한다면 혹시 그 목숨을 지금 여기서 받을 수 없을까? 인자함이 없는 말이고 애정이 없는 마음이겠지. 세상에서도 흔히 그런 말은 할 수 없을 텐데, 하물며 네 고마운 마음을 다 아는 지금에 와서 이런 인정 없는 바람을 말하는 데 나는 피를 토하고 있지만, 이런 내 심중을 알아줬으면 좋겠구나. 오늘 받은 편지의 주인은 나의 옛 연인이고 지금부터 원수가 됐기 때문에 이제 내 마음의 굴레는 그것뿐이란다. 끊지 않으면 멎을 수 없는 집착. 이것도 사랑일는지 나는 모르겠지만 얄미운 건 그 사람이구나. 무슨 짓이든 하고 싶다. 원한이 밤낮으로 끊이지 않지만 내가 직접 일을 벌이기는 어렵구나. 헤아려 다오. 아직 나중에 할 일이 있는 신세가 괴롭구나. 욕심이라고 생각하지는 마라. 아버지의 유지를 잇고 싶어서 그렇단다. 지금 스물다섯 살인 내 목숨 대신 네가 희생해서 캄캄한 밤과 같은 좋은 기회를 찾아, 어떻게 좀 도와줄 수 없을까? 언제부터 내가 이런 무서운 여자가 된 걸까. 죽을 수 있는 처지라면 나도 죽고 싶지만……." 평소 눈물을 보인 적이 없는 오란이 주반 소매로 눈물을 닦았다.

"네가 원한을 가진 벗풀 무늬는 분명 그 사람이라고 나는 생각한다. 소메이 별장으로 서두르던 인력거가 마침 껄끄러운 우리 집 앞에서 사고를 내고는 들켜선 안 된다는 생각으로 천 리 길을 한달음에 가듯이 도망쳤겠지. 네가 다친 건 분명 그 사람 짓이겠지만 결국은 나를 두려워해서 생긴 일이다. 생각해 보면 다 내 잘못이었구나. 너를 내 손으로 구한 게 아니라, 말하자면 사지로 데리고 가는 일이 됐는데, 전부 지금까지의 인연으로 여기고 네 목숨을 받을 수는 없을까? 그래도 네가 운수가 좋다면 도망칠 만큼 도망쳐 그곳을 잘 벗어나, 야음을 타고 이 저택까지 오는 동안 곤란한 일을 피해 우리 집 대문에 들어오면 만사 평안한 일이다. 네가 알다시피 인기척이 없는 데다 드나드는 거라고 해 봤자 개구멍에 강아지도 보이지 않고, 여주인이 이렇게 버티고 있으니 경찰의 눈에도 띄지 않을 거야. 어떻게 해서든 도망치려고 생각하렴." 하며 오란은 속삭였다.

가만히 듣던 나오지로는 "더는 아무 말도 하지 마십시오. 알겠습니다. 설사 거짓이라 해도 이 세상에서 들으리라곤 생각지도 못한 말씀을 들었기에 저는 이제 여한도 없습니다. 그러잖아도 오늘 밤이 마지막이라는 결심이었는데, 아가씨의 소망으로 목숨을 잃는다는 건 바란다고 해도 없을 일이겠죠. 훌륭히 해내 보이겠습니다. 여태까지는 마음먹은 어떤 일도 해내지 못해 덧없는 세상에서 무력함의 본보기인 처지였지만, 단단히 결심하신 아가씨의 분부를 들은 이상 이 몸을 바쳐서, 이번 일에 아가씨께서 '장하다. 나오지도 남자였구나.' 하고 속으로라도 저를 칭찬하실 수 있도록 하겠습니다. 그곳에서 죽어도, 붙잡혀 고문대에 올라도 미련은 없습니다. 다만 원망스러운 건 도망칠 수 있는 만큼 도망쳐 오라는 말씀이군요. 그건 저를 동정해서 하신 말씀인가요? 도망칠 생각을 하는 비겁함으로 어떻게 사람 하나를 보낼 수 있겠습니까? 저는 어리석은 놈이라 그런 머리는 쓸 줄 모릅니다. 놈이 죽거나 제가 죽거나, 둘 중에 하나인 갈림길에서 내가 살려고 하는 비열한 마음 때문에 미련을 가져선 본뜻을 깨끗이 이룰 수 없습니다. 놈의 손에 죽는다면 그뿐입니다. 일을 해내고 나서 붙잡혔다고 해도 아가씨 이름은 절대 말하지 않을 테니 걱정 마십시오. 죄는 저만 지으면 됩니다. 일이 잘되고 어쩌다 살아서 거기를 벗어나는 건 만에 하나의 일이겠지만, 그래도 저는 다시 아가씨 얼굴을 뵙지 않겠습니다. 어떠한 일에서 죄가 드러나 가장 사랑하는 아가씨께서 말려들어선 분하니 말입니다. 어쨌든 저는 오늘 떠납니다. 이 세상에 없는 사람으로 생각하시고 일의 성패는 소문으로 들어 주십시오. 인연도 여기까지군요. 저는 미련 없이 죽겠습니다." 하고 각오하며 눈물도 흘리지 않았지만 초연한 그림자는 장지에 길게 비쳤다. 오래오래 살아 있는 한 오란은 이날 밤 일을 잊기 어려울 터다.

12

나오지는 그날 밤 어둠 속에서 마쓰카와 저택을 나왔다. 날이 새고 깜짝 놀란 사스케 부부는 평소 같았으면 여러 잔소리도 했겠지만, 무슨 결심을 하고 그런 일을 했을지 생각하자 과연 마음이 편하지 않아 서로 걱정을 나누었다. 오소요도 아침마다 두 손을 모아 신령들에게 나오지가 잘못된 생각을 하지 않도록 빌었다.

시간이 지나 겨울에 접어든 무렵, 일은 반초 나미자키 저택 앞에서 일어났다. 어떤 큰 모임에서 간사를 맡아 석상 연설에서 갈채가 터지는 그러한 성황을 뒤로하고, 술에 취해 인력거 위에서 느긋이 비몽사몽하며 대문 앞까지 오자, 보이지 않는 데서 불쑥 뛰쳐나온 남자가 인력거 덮개에 손을 대고는 뒤로 조금 물러서더니, 가만히 있지 않고 덮개를 걷는 순간을 틈타 달려들며 목을 베고자 칼을 휘둘렀다. 그런데 그것이 더뎠는지 뺨 끝을 조금 스치며 가벼운 상처를 내는 데 그쳤다. 아우성치는 소리가 주변이 떠나갈 듯해 "오늘은 여기까지다." 하고는 도망갔는데, 과연 어디로 향한 것일까. 눈 깜짝할 새에 이슬처럼 사라져 누구인지 알 수도 없었다. 이튿날 신문에는 이 사실이 대문짝만하게 났고, 어느 당파의 장사가 그랬을 것이라느니 어느 구락부의 누구일 것이라느니 해서 혐의를 받고 당국에 끌려간 사람도 있었지만, 결국 누가 한 일인지도 알수 없었기에 한 달이 지나니 소문은 흔적도 없이 사라졌다. 상처 또한 보름 동안의 치료로 다 나아 아쉽게도 그 남자의 값어치를 떨어뜨리지도 못했다. 흉터가 남아도 적을 눈앞에서 맞서고 생긴 상처라고 하며 선전할 수 있다는 것이 우습다. "멋지다! 훌륭하다! 나미자키 만만세!" 하며 군중은 기뻐했으니 여기서도 다시 일을 그르친 셈이다. 떳떳지 못한 신세라 이 세상에 살고 있다고 해도 천지가 넓지 않은 나오지로는 어떻게 되었을까. 강에 뛰어들었을까? 산에 숨었을까? 아니면 심기일전해 새 사람이 되었을까. 그런데 수상한 것은 마쓰카와 저택의 그 이후다. 그 일이 있고 세 달쯤이 지나 근사한 대문을 세우고 부서진 포석도 고치고, 날마다 정원사나 목수가 활발히 드나드는 것은 주인이 바뀌었기 때문일 터다. 그렇다면 사스케 부부와 오란도 어디로 떠난 것일까? 세상은 넓다. 기차가 온 나라를 다니는 시대이니.

처마에 걸린 달빛

'그이는 오늘 밤도 늦는구나. 아이가 일찍 잠들었으니 돌아오면 재미없게 생각하시려나. 큰길의 서리에 달빛이 얼어붙는 날씨이니 내딛는 발이 얼마나 시리실까. 고타쓰의 불도 딱 좋고 술도 막 데워 놓았는데. 지금이 몇 시지? 어머, 하늘에 울리는 건 우에노에서 들려오는 종소리 같네. 둘, 셋, 넷……. 8시인가? 아니, 9시였어. 너무 늦으시네. 늘 9시 종소리는 밥상에서 들으셨는데. 아, 그래. 오늘 밤부터는 한 시간씩 일을 더 해서 우리 애를 위해 더 많이 벌겠다고 하셨지. 불기가 가득한 데라서 목이 아프시지는 않을까. 망치를 들어 올리느라 손목이 아프시지는 않을까.'

여자가 누더기 같은 장지 창문을 열고 밖을 내다보자 맞은편 처마 끝에 달이 떠올라 있어 이쪽으로 드는 달빛은 매우 희었다. 서리도 따라 들어왔는지 온몸이 떨렸고 한기는 살을 에는 듯했지만, 잠시 만사를 다 잊은 듯 바라보며 후유 길게 한숨을 내쉬었다. 달빛 속에 구름이 그려졌다.

'사쿠라마치 님은 이제 침소에 드셨을까. 아니면 책상 위에 종이를 펼쳐 두고 조용히 붓을 움직이고 계시려나. 뭘 쓰시는 걸까. 무슨 의논을 친우에게 보내시는 걸까. 아니면 어머님께 안부를 여쭙는 혜서일까. 아니면 속에 떠오른 망상을 버리는 시일까, 노래일까. 아니면, 그렇지 않으면 내게 보내시려고 헛된 연서에 황송한 먹을 물들이시는 걸까.

몇 번, 몇 통의 편지를 보지도 않는 나를 얼마나 얄밉게 생각하실까. 보면 이 가슴이 갈가리 찢어져 늘 하고 있던 결심이 사라질 듯해 불안하구나. 용서해 주세요! 몹시도 얄밉고 분별 없는 여자라고 욕하셔도 저는 피하지 않을게요. 저는 이런 부질없는 운수를 갖고 이 세상에 태어났고, 당신의 미움을 받을 이런 부질없는 운수를 갖고 이 세상에 태어났으니 그만 용서해 주세요. 부정한 여자로 생각하지 마세요, 주인님.

비천하게 자란 나여서 애당초 이 위를 전혀 알지 못하고 뒷골목 셋집이 세상의 전부인 줄 알며, 우리 집 말고 천지가 없는 줄 알았다면 부질없는 생각에 가슴이 타지도 않았을 텐데, 잠깐 발을 들인 사회는 꿈과 천상에서 노니는 것과 같아 새삼 떠올리는 상상도 몹시 멀기만 하구나. 사쿠라마치 저택에 한 해에 몇 번 교대로 들어가 잔시중을 들었다고 하면 사람다운 듯하지만, 총애를 주신다고 하면 개나 고양이도 무릎을 더럽히기 마련이지.

이 말을 하면 그이를 욕보이는 것 같지만, 처음에 저택을 나오고 집에 돌아와 신랑으로 정해진 사람이 직공이라 공장에 다닌다는 말을 들었을 때, 죄스러운 비교이지만 나는 주인님의 지위와 빗대 생각하다 천녀가 깃옷을 잃어버린 심정이 되었지.

설령 그 인연을 싫다고 했을지라도 들판 가의 풀꽃이 과연 서원의 꽃병에 꽂힐 수 있을까? 은애가 깊은 부모님께 더 고생을 끼치는 일이고 나도 똑같이 지상에서 헤맬 신세이니, 죽었다 깨도 천상으로는 올라가기 어려울 거야. 혹시 올라갔다고 해도 그건 사악한 길이니 정당한 사람은 얼마나 추잡하고 비열한 몸으로 보며 욕할까. 나는 어쨌든 간에 주인님을 덧없는 세상에서 욕보이는 건 분하구나. 보세요, 주인님. 사모님께서 저를 미워하시고 주인님을 비웃으시는 얼굴을.'

여자가 한숨으로 가슴의 구름을 날리고 달빛이 드는 창문을 끌어 닫자 그 소리에 아이가 깨 칭얼거렸다. "아, 가여워라. 무슨 꿈을 꾸었니. 젖을 줄게." 하며 안고 옷을 헤치자 생글생글하며 더듬는 모습도 밉지 않아, '미안하구나. 이런 가여운 아이도 있는데. 이 아이와 내게 걸림돌이 있으면 안 돼. 괴로운 생각도 말아야지. 조금은 여유가 있으면 좋겠다는 말에도 그이는 아침에는 남들보다 일찍 일어나고 밤에는 이렇게 늦은 가운데 서리 내리는 추위를 견디면서 '소데야, 지금 고생은 고달프더라도 조금만 더 참아 다오. 곧 오장(伍長)에 올라서 단공장의 감독으로 불리면 집은 더 넓은 데로 가고 몸종도 둬서 네 연약한 몸으로 물을 긷게는 하지 않으마. 내가 무기력한 사람이라고 생각하지는 마라. 내겐 기술이 있고 몸도 건강하니 언제까지 이렇지만은 않을 거야.' 하고 입버릇처럼 말씀하시는데, 혹시 그건 어딘지 내 마음이 얼굴에 드러나며 그이를 깔보는 기색이 보였기 때문일까? 무섭구나. 이토록 큰 은혜를 주는 그이에게 그런 마음을 가지다 자칫 그 기색이 드러나기라도 한다면……

아버지께서 재작년에 돌아가셨을 때도, 어머니께서 작년에 돌아가셨을 때도 그이는 진심으로 보살펴 드리느라 밤에도 오비를 풀지 않으셨지. 기침을 하시면 등을 쓸어 드렸고 돌아눕는다고 하시면 안아 일으켜 드렸고. 세 달 남짓한 간병을 남의 손에 맡기지 않겠다고 하신 생각이 얼마나 기쁘던지. 그것만으로도 평생 소중히 대해 주어야 할 사람한테 나는 그만 모자란 행동을 보였던 걸까. 나도 모르게 그랬다면 어떡하지? 부질없는 누각을 허공에 그리던 동안 소데야, 이거 해라, 저거 해라는 말씀을 성가시게 들으며 그림이 흩어지고 생각이 끊긴 나머지 그 원망을 면전에서 살짝 내비치기도 했지. 이 과감한 죄는 내 마음에서 나왔지만, 사쿠라마치 님의 얼굴이 떠오르지 않았다면 가슴의 거울에는 비쳐지는 것도 없었을 거야. 죄는 내게 있을까, 주인님께 있을까. 주인님만 없다면 내 마음은 잠잠해질 수 있을까. 아니야, 이런 생각은 하지 말자. 저주하는 말 같아 꺼림칙스럽잖아.

　제 엄마의 마음이 어디로 치달았는지도 모르고 젖을 먹다 질리곤 가슴에 얼굴을 묻은 채 무심히 잠든 우리 아이의 뺨은 박사(薄紗)에 연지를 찍은 듯한데, 나는 대체 무슨 생각을 하는 걸까. 가끔 오물대는 입매가 사랑스럽구나. 접친 턱도 귀엽고. 이런 아이마저 있는 처지인데 내가 두 마음을 가져서야 될까. 두 마음은 결코 갖지 않을지라도 우리 그이를 모자라게 생각해서야 될까. 부질없구나, 부질없어. 사쿠라마치라는 이름을 잊지 않는 한, 나는 두 마음을 품은 부정한 여자야.'

　아기를 조용히 잠자리로 옮기고 여자는 천천히 일어났다. 가라앉은 시선으로 입을 굳게 다문 채로, 해진 다다미에 발도 걸리지 않고 마음은 어디로 향하는 것일까. 옷농 바닥에 깔아 놓은 한두 장의 옷을 치우고 엷은 남색의 오글쪼글한 비단으로 된 오비아게[62] 속에서 다섯 통, 여섯 통, 다 합쳐 열두 통의 편지를 꺼내 원래 자리로 돌아왔다. 램프가 조금 어두워 심지를 꼬자 손 곁으로 그 사람의 이름이 보였다. '설령 익명을 쓰셨다고 해도 이 시선의 느낌은 다르지 않겠지. 여태 뜯어보지 않은 걸 스스로 마음이 군세기 때문이라고 자부했으니 참 천박하구나. 가슴의 고민을 겨누고 쏜 화살처럼 느껴져 무서웠는데, 생각해 보니 비겁한 행동이었어. 몸가짐이 깨끗하건 썩은 마음을 버리기 어려우면 똑같이 부정한 몸인데, 차라리 군게 마음먹고 뜯어봐야겠다. 주인님, 제 마음을 봐 주세요. 여보, 당신도 봐 주세요.

신령님도 계신다면 우리 집 처마에 머무르시며 봐 주세요. 부처님도 계신다면 제 곁에 다가오셔서 봐 주세요. 제 마음이 깨끗한지 흐린지.'

봉을 뜯어서 꺼내자 한 길 남짓한 종이에 미사여구도 없이 황송한 말이 여럿, 부끄러운 말이 수두룩했다. 좋아한다, 그립다, 잊기 힘들다, 피눈물, 가슴의 불꽃……. 이런 글자를 종횡으로 어질러 놓자 글자는 이윽고 무서운 속삭임으로 귓전을 덮쳐 왔다. 첫 번째 편지는 손이 떨려 다시 둘둘 말아서 넣었다. 두 번째 편지도 마찬가지. 세 번째, 네 번째, 대여섯 번째 편지부터 얼굴빛이 약간 달라 보였지만 여덟, 아홉, 열 번째, 열두 번째 편지도 펼치고는 읽고, 읽고는 또 펼쳤다. 글자가 눈에 들어가지 않은 것일까. 들어가도 읽지 못했던 것일까.

뒤에서 한 번 묶기만 한 길고 풍성한 머리에 낡은 옷과 후줄근한 오비 차림이라 초라하기는 하지만 미모는 누가 보아

---

62 帯揚. 맨 오비가 내려가지 않도록 매는 긴 천.

도 인정할 터다. '아, 부질없는 먼지 더미 속에서 사는 운명을 가졌다고 할지라도 더러운 부정은 입지 않으리라 다짐한 나인데, 어디에 악마가 숨어들었는지 도리에 어긋난 생각도 드는구나. 어디 눈이 내릴 테면 내려라. 바람이 불 테면 불어라. 내 조그만 마음의 바다에 아무리 파도가 날뛰어도 거기에 낚싯줄을 내린 내 마음이 과연 흐트러질까. 오히려 바람 없는 하늘에 갈매기가 우는 한가로운 봄날과 같은 마음이 되지 않을까. 사쿠라마치 님의 얼굴도 지금만큼은 질리도록 가슴에 떠올리자. 그이가 보인 치기 어린 모습에도 굳이 눈과 귀를 막지 말자. 백팔번뇌가 자연히 사라진다면 더 지울 게 뭐가 있을까. 피도 끓을 테면 끓어라. 불꽃도 타오를 테면 타올라라.' 하며 여자는 미소를 머금고 편지를 읽어 갔다. 마음을 큰 폭포에 부딪쳐 탁세의 때를 벗어 내려 한 어느 대사의 예와도 같이,[63] 연인이 눈물로 쓴 글자는 세찬 폭포수가 철철 흐르는 것과 같아 마음이 약한 여자였다면 아마 정신을 잃었을 것이다.

곁에는 가여운 아기가 자는 모습이 보인다. 무릎 위에 펼친 편지에서는 "무정한 그대여. 나를 정녕 버리는 것이오?" 하는 그 사람의 목소리가 또렷이 들리는 듯한데, 남편은 대체 언제쯤 오려는 것일까. 이슥한 밤의 달빛에 서리가 싸늘하다. '가령 그이가 지금 이 자리에 돌아와 있다면 나는 창피함에 얼굴을 붉히며 여기 이 편지를 감춰야만 할까. 창피를 느낀다는 건 켕기는 구석이 있기 때문이지. 내가 감출 게 무엇이랴.

주인님이 만일 지금 여기서 그 황송한 말과 더불어 원망

---

63 『헤이케 모노가타리』 5권의 「몬가쿠 황행(文覚荒行)」에 그려진 몬가쿠(헤이안 시대 말기의 무사 출신 승려)의 모습에서.

과 미움이 섞인 거친 목소리로, 죄스러운 내 목숨은 오늘로 끝이라고 말씀하신다면 내 이 눈동자는 흔들릴까? 이 가슴은 어수선해질까? 흔들린다는 건 보고 싶다는 욕망 때문이고, 어수선해진다는 건 속으로 그리워하기 때문일 거야.'

　여자는 잠시 멍하니 있다 낡아 찌든 천장을 올려다보았는데, 등불이 어스레한 빛을 멀리 던져 그것이 몽롱한 가슴에 되비치는 듯이 보이는 것도 왠지 쓸쓸했고, 사방이 쥐죽은 듯 조용한 서리 내리는 밤에 개가 늘어지게 짖는 소리도 호젓했다. 틈새로 드는 바람은 소리도 없이 무서운 추위를 몸으로 몰아왔다. 과거와 미래의 근심을 잊어 꿈길을 더듬는 듯했지만, 무언가가 느닷없이 그 공허한 가슴에 울린 마냥 느껴져 여자는 주위를 둘러보며 소리 높여 웃었다. 제 몸의 그림자를 돌아보며 소리 높여 웃었다. "주인님, 우리 그이, 내 아이……. 그게 다 뭐람." 하며 소리 높여 웃었다. 눈앞에 어질러진 편지를 집어 들고는 "주인님, 이제는 정말 헤어져요."라고 하고는 눈가에 깃든 이슬도 없이, 단호한 결심의 기색도 없이, 여자는 미소 짓는 얼굴로 손도 떨지 않으며 편지를 하나둘, 여덟아홉 남김없이 갈가리 찢어 버리고는 활활 타오르는 숯불 속에 던져 넣고 또 넣었다. 종잇조각은 재가 되어 흔적도 남기지 않았다. 허공에 길게 뻗으며 사라지는 연기를 "기쁘구나. 내 집착도 이제 더는 남지 않은 거야." 하며 빤히 바라보자, 달빛이 새어 드는 처마 끝으로 바람 소리가 맑게 들렸다.

이 아이

    제 입으로 제 자식이 귀엽다고 말하면 여러분께선 분명 크게 웃으실 테죠. 누구든 자기 자식이 미운 사람은 없으니까요. 저만 특별히 아름다운 보배를 가진 듯이 뽐내는 얼굴로 말하는 게 의아해 웃으시겠죠. 때문에 저는 제 입으로 그런 과장은 하지 않겠지만, 사실 마음속으로는 귀엽다느니 얄밉다느니 하는 것보다는 두 손을 모아 몸만 굽히지 않을 뿐 고맙게 느끼고 있어요.

    제 이 아이는 말하자면 제 수호신인데, 지금은 이렇게 귀엽게 웃음 지으며 천진하게 놀지만 이 천진한 얼굴이 제게 준 가르침은 너무나 커서 모두 다 말하지 못할 정도랍니다. 학교에서 읽은 책이나 선생님이 들려준 여러 얘기도 분명 제 피와 살이 되기는 했기 때문에 어떤 때는 생각이 나 '그래, 이런 게 있었지. 저런 게 있었지.' 하며 하나하나 되돌아볼 수 있지만, 이 아이의 웃는 얼굴처럼 바로, 눈앞에서 집을 뛰쳐나가려 한 제 발을 붙잡아 주거나 틀어진 마음을 가라앉혀 준 건 없어요. 무심히 팔 베개를 베고 양손을 어깻죽지에 내던지며 잠들어 있을 때 보이는 이 아이의 얼굴은, 대학자가 머리 꼭대기에서 큰소리로 타이르는 것과는 다르게 마음으로부터 눈물을 차오르게 하기에, 아무리 제가 고집이 세다고 하지만 저도 "아이는 조금도 불쌍하지 않다고요!" 하며 억척 부리지는 못해요.

지난해가 거의 저물 무렵에 첫울음을 울며 비로소 불그레한 얼굴을 보여 줬을 때, 저는 그 즈음에도 우주를 헤매는 듯한 심경으로 있었기에, 지금 생각하면 한심하기는 하지만 저는 '아, 어째서 이렇게 건강하게 태어나 줬니. 너만 없었다면 나는 몸조리가 끝나는 대로 친정으로 돌아가 버렸을 텐데. 그런 남편 곁에는 한시도 있지 않았을 텐데. 아! 어째서 이렇게 건강하게 태어나 준 거야. 싫어! 싫어! 이제는 정말로 어쩔 수 없이 이 인연의 굴레에 얽매여 앞으로 영원히 빛도 없는 곳에서 지내야 하는 걸까? 너무 싫어. 비참한 신세구나.' 하고 생각한 나머지 사람들의 축하를 받아도 전혀 기쁘지 않았고, 다만 점점 보람이 없어질 제 신세만을 슬프게 생각했죠.

하지만 그때의 제 처지에 다른 사람을 놓고 보세요. 아무리 체념이 강하고 득도한 사람이라고 해도, 분명 이 세상이 보람 없고 재미없게 느껴졌을 거예요. '너무 심하구나. 냉정하구나. 하늘의 도는 옳은 걸까, 그른 걸까.'[64]라는 생각이 제 건방진 마음에서만 나온 것은 아닐 거예요. 누구든 이런 말을 하지 않을 수 없겠죠. 나는 조금도 잘못이 없고 틀린 일도 하지 않았다고 굳게 믿었기 때문에, 저는 모든 충돌을 남편의 마음 하나 탓에 일어나는 걸로 치부하고는 무작정 남편을 원망했어요. 그리고 이런 사람을 신랑감으로 일부러 보고 골라 내 인생

---

64 천도시비(天道是非). 『사기(史記)』 백이열전에서.

을 고달프게 만드셨나 생각하니 친정아버지도, 양부모님이셔서 은혜가 깊은 큰아버지이신데, 그분도 원망스럽게 생각됐고, 무엇보다 아무 죄도 저지르지 않은 저를, 시키는 대로 얌전하게 시집온 저를 제풀에 이런 운수를 맞게 만들어 놓고 장님을 골짜기로 밀쳐 떨어뜨리는 것과 같은 일을 하신, 신령님이라고 하나요, 뭐라고 하나요? 하여간 그런 것이 정말, 정말로 원망스러웠어요. 그래서 이 세상은 끔찍한 거라고 그리 굳게 믿었죠.

지기 싫어하는 성격은 좋은 것이고, 그게 아니면 어려운 일을 헤쳐 나갈 수가 없죠. 그렇다고 해서 심지가 물렁하고 부드럽기만 하면 해삼 같은 사람이라는 말도 듣겠지만, 결국은 그것도 때와 경우에 따른 거니 계속해서 오기를 부려서도 안 되겠죠. 그중에도 여자의 오기는 속에 감추고 있다가 모든 걸 다 이해하고 난 뒤에 부린다면 괜찮을지도 모르겠지만, 저는 지기 싫어하는 성격이 빤히 보이는데도 그랬으니 남의 눈에는 오죽 한심하게 보였을까요? 소용없는 아내를 가졌다는 느낌은 남편이 더 많이 받았을 거예요. 하지만 저는 그때의 저를 되돌아볼 엄두가 나지 않기 때문에 남편의 마음을 헤아리지는 못하겠네요. 불쾌한 표정을 지으면 바로 비위에 거슬렸고, 한마디라도 잔소리를 하면 괘씸해 참을 수 없었죠. 그때까지 남편한테 말대답은 하지 않았지만, 아무 말도 안 하고 아무것도 안 먹으며 하녀들에게는 꽤나 화풀이도 했고, 종일 이불을 펴고 누운 일도 한두 번이 아니었어요. 저는 눈물이 많아 그렇게 고집이 센 것치고는 한심스러울 정도로 잠옷의 옷깃을 물며 울기도 했죠. 그저 분해서 나오는 눈물이었어요. 오기를 들게 할 이유도 없는, 분해서 나오는 눈물이었죠.

시집온 건 3년 전. 그때는 정말 사이도 좋았고 서로 불만이 없었지만, 익숙해진다는 건 좋기도 하고 나쁘기도 한지라 우리 둘 다 제멋대로인 본모습이 나오더군요. 여러 욕심이 들끓듯이 나왔으니 정말이지 부족함투성이였죠. 그런데도 제 건방짐에서 그만 흉허물 없게 생각하고는 남편의 바깥일까지 참견하며 "아무래도 당신은 제게 뭔가를 감추고 있어서 바깥일에 관해 전혀 들려주시지 않는 것 같아요. 마음의 벽이 있어서겠죠." 하고 원망하자 남편은 "내가 왜 그런 섭섭한 짓을 하겠어? 얘기는 다 해 주잖아." 하며 상대하지 않고 웃더군요. 하지만 눈앞에 잡힐 듯 뭔가를 감춘다는 게 훤히 보였기에 저는 마음을 주체할 수 없었어요. 하나를 의심하니 열도, 스물도 미심쩍어 아침저녁으로 자나 깨나 '또 저런 거짓말을……' 하는 생각이 들었고, 왠지 어디가 수상하고 사정이 있는 것 같아 도저히 원만하게 넘어갈 수가 없었죠. 지금 생각하면 정말로 뭔가를 감추신 것도 같아요. 누가 뭐래도 저는 여자니까요. 말이 어디로 샐지 모르니 업무에 관한 얘기는 들려주시면 안 됐겠죠. 사실은 지금도 감추고 계신 게 많으세요. 지금은 그걸 양해하며 아마 그럴 것으로 알고 있기 때문에 전혀 원망은 없지만요. 과연 그 얘기를 들려주지 않는 게 남편의 밑천이겠죠. 그렇게 제가 울고 원망해도 상대해 주시지 않은 건 남편의 신분이 높기 때문이니, 그때와 같은 경박한 제게 만일 관청 일이라도 들려주셨다면 저는 어떤 난처한 일을 저질렀을까요? 그러잖아도 우리 집에 드나드는 사람의 손을 빌려 꽤나 저한테까지 수상한 선물을 보내며, "이런 사정으로 심히 곤란을 겪고 있습니다. 이번 재판의 판결에 생사가 달렸습니다."라고 하며 원고니 피고니 하는 사람들이 청탁한 것도 많았지만, 그걸 제가 일절 받아 들지 않은 건 야마구치 노보루라는 재판관의 아내로서 공명정대함을 염두에 두고 거절한 게 아니라, 우리 부부가 옥신각신하는 마당에 그런 청탁에 알겠다고 답할 여지는 없고, 무슨 말을 했다가 좋지 않은 소리를 듣기보다 잠자코 있는 편이 훨씬 눈치가 있는 행동이라고 생각했기 때문이에요. 그래서 다행히 뇌물을 받았다는 구설은 없이 넘어갔지만 둘 사이의 거리는 더욱 멀어지기만 했고, 구름과 안개가 점점 자욱해지며 서로 마음을 알 수 없게 됐죠. 지금 생각하면 그렇게 된 원인은 제게 있었고 제 처신이 나빴던 게 틀림없어요. 남편의 마음이 어느새 삐뚤어진 게 제가 마음이 잘못된 데로 갔기 때문이라고 생각하니 이제는 절실히 후회돼 눈물이 나네요.

관계가 절정으로 나빴을 때는 서로 완전히 등을 돌려 버려서, 외출을 하셔도 어디에 가냐고 물은 적도 없었고 남편도 가는 곳을 일러 주지 않았어요. 남편이 집에 없는 사이에 어디서 사자가 와서 아무리 급하고 중요한 용무라고 하며 편지를 전달해도 결코 봉을 뜯지 않고, 아내라고는 하지만 목각 인형이 집을 지키듯이 영수증만 한 통 써서 쫓아 보내고 편지는 냉담하게 던져 두곤 했으니 남편이 화낸 건 당연한 일이었죠. 처음에는 잔소리를 하거나 훈계를 하거나 타이르거나 달랬지만, 제 뿌리 깊은 고집에서 남편이 뭔가를 감춘다는 걸 구실로 제가 엔간한 다정한 말 정도로는 꼼짝도 하지 않고 아주 토라져 버리자, 남편은 결국 질려 손을 떼 버렸어요. 집에서 아직 말다툼이 있으면 그나마 낫지만, 얘기도 하지 않고 서로 노려보게 돼선 지붕이 있고 천장이 있고 벽이 있을 뿐, 길거리에 나앉은 기분이 들어 슬픔은 늘어 가기만 해요. 쓸쓸하고 비참한 꼴이죠. 나오는 눈물이 얼지 않는 게 신기할 정도예요.

생각해 보면 사람은 누구나 자기 마음대로라, 기분이 좋을 때는 아무 생각이 없지만, 괴롭고 힘들 때는 예전에 있었거나 앞으로 맞이할 일에 관해 매우 좋고 근사하고 만족스러운 일만을 떠올리죠. 그럴 때마다 지금 상황에 진저리가 나, '어떻게 해서든 여기서 벗어나고 싶다. 이 굴레를 끊고 싶다. 여기만 벗어나면 얼마나 아름답고 좋은 데로 나갈 수 있을까.' 꼭 이런 생각이 들잖아요. 저 역시 그런 꿈에 들떠, '이런 불운으로 마감하는 게 내 운명은 아닐 거야. 이 집에 시집오기 전, 아직 고무로 집안의 양녀 지쓰코였을 때는 많은 사람이 내게 관심을 가져 줘 혼담도 여럿 들어왔는데, 개중에는 해군인 우시오다라는 훌륭한 사람도 있었고 의학사인 호소이라는 피부가 뽀얀 사람과도 맺어질 뻔했는데, 어쩌다 지금 남편 같은 과묵한 사람한테 시집온 건 어떤 한때의 착각 때문이겠지. 이 착각을 그대로 밀고 나가 보람 없는 삶을 보내는 건 정말 비참해.'라는 생각에 제 마음을 고치려고 하지는 않고 남편만 원망스럽게 생각했죠.

그런 시시한 생각으로 시시하게 남편을 대접했는데, 어떤 대인배가 저를 친절히 대할 수 있었을까요. 관청에서 퇴근해 돌아오실 때는 꼬박꼬박 마중을 나가기는 하지만, 마주 보고선 터놓은 얘기는 한마디도 하지 않으며 '화를 낼 테면 화내세요. 다 마음대로 하시라고요.'라고 하는 마냥 퉁명스러운 얼굴을 보이니 남편은 견디다 못해 훌쩍 집을 나갔어요. 늘 홍등가로 향하거나 유흥 찻집에 갔죠. 그걸 분해하며 저는 원망도 많이 했지만, 사실을 말하면, 제가 기분을 잘 맞춰 주지 못해 집에선 불쾌해서 더는 있을 수 없었기 때문에 나가 노신 거였어요. 이런 짓을 하며 저는 남편을 방탕하게 만들어 버렸죠. 남편은 늘 바깥을 나도는 난봉꾼이 돼 버렸어요.

재산가의 아들이 흔히 접대부가 치켜세워 주는 데 무아몽중으로 놀아나는 것과는 경우가 다르기 때문에 남편도 마음에서 우러나 즐겁게 논 건 아닐 거예요. 말하자면 꽁한 사람이죠. 속을 좀 푼다며 술을 드셔도 기분 좋게 취하지는 않고 늘 얼굴은 창백했고 이마 가에는 핏줄이 드러나 있었어요.

목소리가 무뚝뚝하고 거친 데다 사소한 일에도 하녀들을 호되게 꾸짖었고, 제 얼굴을 곁눈으로 노려보며 잔소리는 하지 않으셨지만, 그 까다로운 모습으로 말하자면 지금의 남편과 같은 점잖은 얼굴은 조금도 없이, 겁나고 무섭고 화가 난 표정이었어요. 그런 분 옆에서 제가 몹시 성내며 따르고 있었으니 아랫사람들이 견디지 못했죠. 거의 한 달에 두 명씩은 하녀가 바뀌었고 그때마다 물건이 없어지거나 망가지는 게 이루 말할 수 없는 정도라 저도 '어쩜 이렇게 몰인정한 사람만 고용되는 걸까. 온 세상이 이렇게 몰인정한 걸까? 아니면 나 하나만 한숨짓게 하려고 나와 가까운 사람이 되면 다 몰인정해지는 걸까. 오른쪽을 봐도 왼쪽을 봐도 미더운 사람은 한 명도 없구나. 아, 싫어.' 하며 자포자기에 빠진 나머지 누가 됐든 사람을 살갑게 대하지 못했고, 남편의 동료가 집에 찾아왔을 때도 남편이 말하지 않는 한 음식을 차려 내오는 데는 손도 대지 않았고, 객실에는 하녀만 보내고 저는 이가 아프다느니 머리가 아프다느니 하며 손님이 있든지 없든지 내키는 대로 행동했고, 남편이 불러도 대답을 하지 않았어요. 그런 모습을 남들은 어떻게 봤을까요. 분명 야마구치는 백 년 원수를 맞이했다고 평하며 저런 악처와는 도저히 자리를 같이 할 수 없을 거라고 말했겠죠.

　그때 남편이 이혼을 하겠다고 한마디만 했어도 저는 분명 아무런 고려도 하지 않고 집을 나가 제 무례는 모른 체하며 '이런 불운하고 비참하고 억울한 신세로 하늘이 정해 놓으셨다면 어찌 된들 좋다. 뭐든 하시라지. 내가 내 생각대로 해서 잘못된다면 잘못돼 버려라. 혹시 좋은 일이 된다면 그건 횡재고.'라는 당치도 않은 억지를 부렸을 테고, 지금쯤 어떻게 돼 있을지 모르겠어요. 생각만 해도 몸서리가 쳐지네요. 하지만 남편은 마음먹고 이혼 얘기를 꺼내지는 않으며 용케도 저를 붙잡아 주셨어요. 울화가 쌓여 쉽게 이혼해 주기보다는 언제까지고 저를 우리 안에 두고 괴롭힐 생각에서 그러셨는지 그건 알 수 없지만, 이제 저는 아무 원망도 없어요. 남편에게는 아무런 원망도 없어요. 그리 괴롭혀 주셨기 때문에 오늘의 즐거운 제가 있는 거니까요. 그리고 제가 웬만큼 분별이 생긴 것도 그런 갈등을 거쳤기 때문이겠죠. 그걸 생각하면 제게는 한 명의 적도 없는 셈이니, 그 촐싹대고 약삭빨라 바깥에서 제 흉을 보고 다녔다는 몸종 하야나 말대답만 할 줄 알지 일은 서툴던 식모 가쓰도 모두 제 은인이라고 해도 좋겠네요. 지금 이런 좋은 하녀들만 모여 "우리 사모님만큼 사람을 좋게 쓰는 분은 없어."라고 하는, 거짓말이나마 좋은 소리를 듣는 건 그들의 불성실이 제 마음의 반영인 줄 깨달았기 때문이에요. 세상에는 무작정 사람을 괴롭히는 악당도 없으니 신령님이라도 머리부터 발끝까지 잘못한 것 없는 사람 앞에서 한숨을 쉬지는 않으실 거예요. 왜냐하면 저처럼 평소 도리에 어긋난 생각만 해서 장점이라고는 하나도 없는 골칫거리한테도, 마음으로 범한 죄가 없는 만큼 여기, 이런 귀엽고 아름다운 아기를 분명히 내려 주셨으니까요.

이 아기가 태어나려고 할 즈음, 저는 아직도 구름과 안개에 깊이 감싸여 있었어요. 출산한 뒤에도 쉽게 헤어날 수 있을 것 같지 않았죠. 하지만 귀엽다, 사랑스럽다는 말이 아기가 첫 울음을 울었을 때부터 어쩐지 몸에 스며, 여러모로 오기도 부렸겠지만, 누가 슬쩍 아기를 데리고 가기라도 한다면 저는 고집을 버리고 매달려, "이 아이는 아무도 손가락 하나 건들지 못해요. 이 아이는 제 거예요!" 하며 품에 안았겠죠.

남편의 생각이나 제 생각이나 똑같다는 건 이 아이가 처음 가르쳐 줬어요. 이 아이를 품에 안고 "너는 아빠 게 아니야. 너는 이 엄마 한 명의 것이란다. 엄마는 어디에 가든지 너는 절대 두고 가지 않을 거야. 내 거니까. 내 거니까." 하며 볼에 입을 맞추자, 뭐라고 표현할 수 없는, 녹아내릴 듯 생글거리는 귀여운 얼굴을 보여 저는 '이 아이는 절대 남편 같은 매정한 사람의 자식이 아니야. 이 아이는 나만의 것이야.'라고 굳게 믿고 있었어요. 그런데 남편이 밖에서 돌아와 불쾌한 표정으로 이 아이 베갯머리에 앉아 어설프게 바람개비를 불거나 땡땡이를 흔들어 보이며 "이 집에서 나를 달래는 건 너 하나구나." 하며 그 시꺼먼 얼굴을 갖다 대서 울거나 겁낼 줄로만 알았는데, 아기는 너무나 기쁜 얼굴로 생글생글 웃으며 제게 보인 웃음을 그대로 보이는 게 아니겠어요? 한번은 남편이 수염을 꼬며 "당신도 이 아이가 귀엽나?"라고 하셨어요. "당연하죠." 하며 제가 새침하게 있자 "그럼 당신도 귀여운 셈 치지." 하며 전에는 않던 농담을 하고는 껄껄 웃으시더군요. 그 얼굴에는 이 아이와 가릴 수 없을 만큼 닮은 구석이 있었어요. 저는 이 아이가 귀여운데, 어떻게 남편을 끝까지 미워할 수 있을까요. 내가 잘해 주면 남편도 잘해 줘요. 속담에는 세 살 먹은 아이의 말도 귀담아들으랬다고 하지만, 제게 평생의 가르침을 준 건 아직 말을 떼기도 전인 아기였네요.

바다대벌레

1

서리 내리는 이슥한 밤, 부는 듯 마는 듯 한 바람이 여닫이문 틈에서 베갯머리로 불어와 바스락거리는 창호지 소리도 처량한 남편의 빈자리. 침실 시계가 12시를 칠 때까지 사모님은 도저히 잠을 이루지 못했고, 수십 번 뒤척이는 것이 조금 답답해 시답잖은 세상의 여러 일을 떠올리다, '작년 이맘때 남편이 고요칸[65]에 자주 다니다, 자기는 감췄지만, 나들이옷 소맷자락에서 수놓은 여자 손수건을 내게 들켰을 때는 참 얄미웠는데. 호되게 들볶아 버리니 '앞으로 다시는 가지 않겠소. 같은 번 출신인 사와키가 이(ぃ)와 에(ゑ) 발음을 틀리지 않는 세상이 온다고 해도[66] 이 약속은 결코 어기지 않도록 하지요. 용서해 주시오.' 하고 사과할 때 속이 시원했던 건 몇 달 된 답

---

65   紅葉館. 1881년 시바 공원에 사교를 목적으로 설립된 회원제 고급 일본 요리점.
66   도호쿠 방언에서는 '이'와 '에' 발음이 곧잘 혼동된다.

답함이 내려가 가슴이 트일 정도로 기뻤는데, 또 시작된 건지 간혹 외박을 하시는구나. 수요회 사람들이나 구락부 동료 중에는 바람둥이가 많아, 거기에 물들어 저절로 행실이 나빠진 거겠지. 붉은색을 가까이하면 붉어진다는 말을 꼿꼿이 스승님께서 입버릇처럼 하셨는데 정말 거짓말이 아니었구나. 예전에는 이렇게 말뿐인 사람이 아니라, 오늘은 어디어디에서 게이샤[67]를 불러 이런 요상한 춤을 보고 왔다느니 하며 웃다 쓰러질 얘기를 진지한 얼굴로 하곤 했는데 요즘에는 왜 이렇게 애를 먹이실까. 얄밉도록 요령 좋은 말만 하며 나 같은 숙맥은 손바닥에서 가지고 노니 정말로 이길 수가 없는 사람이야. 아, 오늘 밤에는 어디서 묵고 내일은 무슨 거짓말을 하며 오시려나. 저녁에 구락부에 전화 걸었을 때는 3시쯤에 벌써 갔다고 했었지. 또 요시와라 유곽의 시키부한테 가셨나? 그 여자와 연을 끊겠다고 하신 지도 벌써 5년인데. 꼭 남편만 잘못이라는 게 아니라, 시후 문안으로 편지 따위를 보내며 얄미운 수작을 부리니 마음이 들떠 저절로 발도 향해지는 거겠지. 하여간 장사꾼들은 너무 얄미워.' 하며 잇따라 많은 생각을 했는데, 사모님은 끝내 잠을 이루지 못하고 오글쪼글한 비단의 솜 잠옷을 내버려 두고는 생명주 이불 위에서 일어났다.

다다미 여덟 장의 방에는 여섯 폭 병풍이 세워져 있고 베갯머리에는 오동나무 화로와 다기가 있었는데, 자단목으로 된 다바코본[68]에 붉은 설대의 담뱃대가 놓인 그윽한 정취와

---

67 芸者. 가무·음곡을 행하며 술자리에서 흥을 더하는 일을 직업적으로 하는 여성. 메이지 시대에 특히 번성했다.

68 煙草盆. 차를 마시고 담배를 피우는 데 필요한 도구가 갖춰진 일종의 다용도 나무 상자로, 불씨를 담은 그릇, 재떨이, 담배합, 담뱃대 등이 구비되어 있다.

목침 위에 놓인 베개의 화려한 무늬, 거기에 달린 다홍색 술이 평소의 취향을 거의 보여 주었다. 난사(蘭麝)의 향에 숨이 막히는 방 안에 등롱 불빛이 어렴풋하다.

사모님은 화로를 끌어당겨 불기가 있는지 보았는데, 초저녁에 몸종이 잿속에 묻은 사쿠라 숯[69]의 절반은 재가 되어 있었고 용케도 드러나지 않고 묻힌 것은 검은 그대로 식어 있기도 했다. 담뱃대를 집어 들어 한두 모금 피우고 연기를 내뱉으며 귀를 세우자, 마침 이 방의 처마에 올라가 수컷을 갈구하며 다니는 고양이 울음소리가 들렸다. '저건 다마가 아닐까. 아, 이런 서리 내리는 밤에 지붕을 타고 다니다 언젠가 그랬듯이 감기에 걸려 목이 다친 거겠지. 저 녀석도 역시 바람둥이야.' 하며 사모님은 담뱃대를 두고 일어섰다. 그 암고양이를 부르러 가야겠다는 생각에 작은 등롱에 불을 옮기고 평상복인 하치조시마산 명주로 된 서생 하오리[70]를 어수선히 걸쳤는데, 허리에 힘주어 맨 오글쪼글한 비단 오비의 엷은 남색이 특히 아름답게 보였다.

밟기에 차가운 마룻바닥에 잠옷 자락을 유유히 끌며 툇마루로 나와, 내린 덧문에 나 있는 쪽문을 열고 얼굴을 내밀고는 "다마야, 다마야." 하며 딱 두 마디만 불렀는데, 사랑에 미쳐 흥분한 몸은 주인 목소리도 알아듣지 못했다. 몸에 스미는 듯한 요염한 소리로 울며 지붕 쪽으로 달아나 버렸다. "흥, 말도 안 듣는 제멋대로인 녀석. 네 마음대로 해!" 하고 내뱉고 무심

69　桜炭. 지바현 사쿠라 지방에서 나는 특산 숯.

70　書生羽織. 하오리는 기모노 위에 입는 겉옷으로, 보통 무릎 길이까지 오며, 가슴 높이에 달린 끈으로 묶어 고정한다. 서생 하오리는 이보다 기장이 긴 것으로, 메이지 중기 이후 서생들이 입다가 이후 일반에도 유행했다.

결에 정원을 내다보자 어둠이 내려앉아 사물의 형체도 분간되지 않았는데, 산다화가 핀 울타리를 새어 나와 문간방 문틈에서 빛이 흘끗 보이는 것을 깨닫고 사모님은 '어, 지바는 아직 안 자는 모양이네.' 하고 생각했다.

쪽문을 닫고 침실로 돌아왔지만 다시 일어나 과자 선반의 비스킷 병을 꺼내 종이 위에 비우고 비틀어 감싸고는 작은 등롱을 한 손에 들고 툇마루로 나가자, 천장에 있는 쥐가 우당탕 날뛰었는데 족제비라도 들이닥쳤는지 찍찍거리는 소리가 대단했다. 길잡이인 등불의 빛이 흔들려 복도의 어둠에 겁이 났지만 익숙한 제 집인 만큼 아무렇지도 않다고 생각하며, 몸종과 식모 들이 한창 꿈나라에 빠져 있을 때 사모님은 서생의 방에 갔다.

"아직 안 자니?" 하고 장지 밖에서 부르며 사모님이 슬며시 들어가자, 안에 있던 사내는 독서를 하다 말고 소스라치게 놀랐는데, 뜻밖의 그 질린 표정이 재미있어 사모님은 웃으며 서 있었다.

2

껍질만 벗긴 나무로 만든 흔한 책상에 두꺼운 무명을 덮은 위에는 권공장[71]에서 산 붓꽂이가 놓여 있었고 그 안에는 해서용 가는 붓과 다람쥐털 붓, 펜과 나이프까지 한데 꽂혀 있

---

71 勸工場. 건물 안에 많은 가게가 들어가 여러 상품을 즉매하던 곳. 1878년 도쿄에 생긴 이후 백화점의 발달과 함께 쇠퇴하다 간토 대지진 이후 자취를 감췄다.

었으며, 목이 이지러진 거북 연적과 붉은 잉크병이 나란히 놓여 있는 데다 치마분 통마저 나도 있소이다 하고 뻐기며 자리를 지키고 있었는데, 이런 책상에 기대 여태 서양 책을 펼치던 사람은 대략 스물 하고도 셋은 되지 않아 보였다. 동그란 까까머리에 얼굴은 길지도 각지지도 않았다. 눈썹이 짙고 눈이 부리부리해 인물은 대강 좋은 편이었지만 촌스러움은 이루 말할 수 없었다. 잔줄 무늬 솜옷에는 역시 흰 무명으로 된 서생 오비를 맸다. 파란 모포를 무릎 밑에 깔고 몸을 숙이고는 두 손을 머리에 꾹 누르고 있었다.

사모님이 말없이 비스킷을 책상에 올리며 "밤늦도록 자지 않는 건 좋지만 춥지 않게 있으면 좋을 텐데, 주전자 물은 다 식었고 불도 반딧불이 같네. 이렇게 있으면서도 안 춥니? 오지랖이기는 하지만 내가 불을 일으켜 줄게. 숯 통을 이리." 하고 말하자 서생은 "늘 게으름만 피우네요. 죄송합니다." 하고 황송해하면서도 불편하게 느껴 숯 통을 내밀고 자기는 움츠리고만 있었다. "이게 내 낙이란다." 하며 사모님은 화로에 숯을 더 넣었다.

자랑도 섞인 친절로 반딧불이 같은 불을 세심히 집어 올린 뒤 쌓은 숯 위에 올리고는 주변에 있던 신문을 서너 번 접어 구석 쪽에서 솔솔 부치자 어느새 여기저기로 불이 옮아 톡톡 튀는 소리가 활발해졌는데, 파란 불이 활활 타오르며 주위가 조금 따뜻해지자 사모님은 무슨 대단한 일이라도 한 마냥 "너도 쬐렴." 하고 화로를 조금 밀어 주고는 "오늘 밤은 특히 춥구나."라며 반지가 반짝이는 뽀얀 손가락 끝을 등덩굴 화로의 가장자리에 걸쳐 올렸다.

서생 지바는 더욱 황송해하며 "이거 참, 고맙습니다. 정말……." 하고 고개를 숙이기만 했다. 고향에 있을 때 누나가 어머니 대신에 귀여워해 주던 그때 그 시절의 기억이 떠올라, 애초에 취향이 화려한 사모님과 촌사람인 누나가 닮았을 리는 없지만, 중학교 시험 전에 밤늦도록 공부를 계속하던 때 누나도 이런 말을 하고 이렇게 챙겨 주었으며, 소바가키[72]를 내오며 "속이 따뜻해야 해." 하고 말해 주기도 했다. 그리운 것은 그 옛날이고, 고마운 것은 지금 사모님의 인정이라는 생각에 평소 신세를 지는 일까지 더해져 떡 벌어진 어깨마저 움츠러들 만큼 삼가 감사해하는 모습을 사모님은 추워하는 줄 알고, "하오리는 아직 덜 됐니? 나카한테 말해 얼른 지어 달라고 하려무나. 이 추운 밤에 솜옷 하나로 견딜 수는 없을 거야. 감기라도 들면 어쩌려고. 정말 몸을 아껴야 해. 요전에 있던 하라다라는 공부벌레도 너처럼 밤낮으로 책만 파며 어디 놀러 가지도 않았고 만담도 한번 들으려고 하지 않아, 참 기특하다고나 할까 하여간 독한 애였는데 말이야. 조기 졸업 바로 전까지는 별 탈 없이 헤쳐 나갔는데 안타깝게도 애, 뇌병에 걸려 버렸지 뭐니. 고향에서 어머니가 와서는 여기서 두 달이나 간호를 했는데, 결국에는 뭐가 뭔지도 모르게 무아몽중이 돼서……. 생각만 해도 끔찍하구나. 말하자면 미쳐서 죽어 버린 거지. 나는 그걸 봤기 때문에 공부벌레라고 하면 가슴이 철렁한단다. 게으름을 피워도 안 되겠지만 아프지 않도록 신경 쓰렴. 너는 또 외동인 데다 부모님도 안 계시고 형제도 없다고 했잖아. 지바 가문을 짊어질 대들보한테 이상이 생기면 다시 일어설 수 없을 거야. 그렇지 않겠니?" 하며 제 처지에 빗대

---

72 蕎麦掻き. 메밀가루를 열탕에서 이긴 것으로, 간장이나 맑은 장국과 먹는다.

이야기하자 서생은 고분고분 대답만 하고 말은 없었다.

사모님이 일어나며 "내가 너무 방해했구나. 그럼 되도록 일찍 쉬도록 해. 나는 가서 자기만 하면 되고, 방으로 돌아가는 동안에는 추워도 괜찮으니 이걸 입으럼. 사양하면 미워질 것 같으니 아무 말도 하지 말고. 윗사람이 말하면 듣는 거란다." 하고 하오리를 스르륵 벗어 뒤에서 걸쳐 주었는데, 이에 지바는 남의 피부 온기가 등에 느껴져 왠지 꺼림칙했고 사향 냄새가 온몸에 덮쳐 와 인사고 뭐고 아무 말도 하지 못했다. 사모님이 "잘 어울리네." 하고 웃으며 작은 등롱을 손에 들고 문을 나서자 어느새 촛불은 3분의 1만큼만 남았으며 처마 끝에는 찬바람 소리가 높았다.

3

낙엽을 때는 연기인지 무엇인지 모를 연기가 겨울의 앙상한 정원수를 스쳐 뒷골목 상가 쪽으로 아침마다 날려 오는 것을 보고 사람들은 "아, 가나무라 댁 사모님이 눈을 뜨셨네." 하며 한목소리로 욕했지만, 습관이라는 것이 무섭게도 아침 식사 전에 목욕물을 끼얹지 않으면 사모님은 젓가락도 들지 못했다. 하루를 빼먹으면 종일 기분이 심상찮고 무엇이 모자란 것처럼 마음이 걸린다고 하는 것도 듣는 사람의 귀에는 풍류인의 도락으로 받아들여질 만한 일이다. 제 생각에도 자기가 참으로 못 말리는 버릇을 들였다 싶어 새삼 성가시게 여길 때도 있지만, 아랫사람들이 먼저 알아서 척척 섶나무를 부러뜨려 불을 지피고는 "온도가 됐습니다." 하며 침실로 고하러 오기 때문에 이제는 그만둬야겠다고 몇 번이고 생각하면서도 여전히 변함없는 사치의 하나가 된 것이다. 쌀무거리를 넣은 주머니로 몸을 충분히 문지르고 나와서는 두텁게 백분을 바르며 화장을 했는데, 이것도 이제는 그만둘 수 없는 성미가 되었다.

나이로 말하자면 스물여섯. 늦게 피는 꽃도 우듬지에서 시들 때이지만 화장이 잘 받는 것과 천연의 아름다움이 합쳐져 다섯 살은 젊어 보이니 천생 덕을 보는 성품이었다. "자식이 없으니 그렇지." 하고 머리 올려 주는 일을 하는 도메는 말했는데, 정말로 자식이 있었다면 조금은 취향이 점잖아졌을 터다. 아직도 처녀 같은 마음이 사라지지 않은지라 금니가 보이는 입으로 이래라저래라 하며 무슨 사정이 있는 마냥 수많은 하인을 부렸는데, 남편을 꾀어 짓켄다나[73]로 인형을 사러 가는 모습이 흔한 집의 안사람 같지는 않았다. 한번은 방한 두건을 쓰고 어깨걸이를 두른 차림으로 남편과 함께 가와사키 다이시[74]에 참배하러 가는 길에 정차장의 군중이 "저건 신바시 게이샤인가? 어디 사람이지?" 하고 수군거린 것을 듣고는 '부인'이라는 말도 들은 처지였으면서 그것을 적잖이 기뻐해 어느새 기호도 그렇게 되었는데, 이도 우선은 용모가 시킨 일이었다.

반듯한 눈코를 비롯해 윤이 나는 머릿결과 가지런한 이는 단순히 닮은 것이 아니라 모친의 것을 그대로 가지고 태어난 것과 같았다. 한편 부친은 적귀 요시로라고 해서, 10년 전까

---

73 十軒店. 니혼바시 무로마치에 있던 곳으로, 히나 인형 시장으로 유명했다.

74 川崎大師. 가나가와현에 있는 헤이겐지(平間寺)의 통칭.

지만 해도 무시무시한 눈빛을 번뜩이며 살아 있었는데, 남의 생혈을 쥐어짠 응보인지 쉰도 되지 못해 느닷없이 뇌충혈이 와서 하루아침에 이승의 세금을 다 내고 말았다. 장례식 당시 조화는 화려했고 장송은 성대했지만 네거리에 서서 구경하는 사람들에게는 손가락질을 당했으니 내세가 어떨지는 뻔했다.

이 사람은 원래 대장성[75]에서 월급 8엔을 받으며,[76] 곳곳에 해진 양복을 입고 모수자(毛繻子) 양산을 쓰며 큰비가 내려도 인력거에 타는 사치는 부리지 못하는 신세였는데, 일넘발기해 모자도 신발도 벗어 내다버리고 이마가와 다리 주변에서 밤새워 소바가키를 팔기 시작한 시절의 기세는 천균의 추를 들고 대해도 건너갔을 터라 그때 알던 사람은 혀를 내두르며 놀라기도 했고, 막무가내로 막 덤비는 것을 보니 끝내는 밑천도 이익도 다 날리고 비참한 꼴이 되겠다고 뒷말도 했던 것 같다. 수미산도 우뚝 솟아날 넓은 지반을 가지게 된 그 처음에 관해 잠시 이야기하고 싶다. 가시나무에도 이슬방울은 맺히듯이 그런 요시로에게도 사랑은 있었기 때문이다. 소꿉친구인 아내로, 미오라는 이름에 어울리게 고상하고 아름다운 열일곱 살쯤 된 여자를 천지에 둘도 없는 듯이 떠받들어, 관청에서 돌아오는 길에 죽순 껍질을 들고 오며[77] 남들에게는 싱싱한 물이 뚝뚝 흐를 만큼 축축한 꼬락서니라고 뒷손가락질 받으면서도 저녁 까마귀 소리를 아내가 기다리는 것으로 듣고는 둘이서 먹을 채소를 사 오거나 아침 출근 전에는 물독의

---

75 大蔵省. 현재의 재무성.
76 당시 메이지 초년의 관제에서 판임관(判任官)보다도 아래인 등외에 속한 관리가 받던 월급으로, 말단에 가깝다.
77 당시 나물은 죽순 껍질에 싸여서 판매되었다.

밑바닥을 청소하고 종일 들통을 들지 않게 물을 길어 두었다. "여보, 점심밥을 지으려는데요."라는 말에 알겠다고 답하고는 함지박에 양을 재서 내밀 정도로 물러 터졌었다. 이렇게만 끝났다면 천세토록 아름다운 꿈속에서 보낼 것처럼도 보였다.

그렇게 서로 붙어 지낸 지 5년째가 되던 해의 봄, 매화꽃 필 무렵의 토요일 오후에 동료 두세 명과 함께 만보를 나섰는데, 꽃구경으로는 가쓰시카 주변의 매화 정원들을 구경하며 다녔고 돌아오면서는 히로코지 주변의 일품요리점에 갔다. 술도 많이 마시지는 않는 성격이라 간단하게 끝냈으면서도 선물은 특별히 챙긴지라 동료들에게 놀림을 받으며 혼자 빠져나와 터벅터벅 혼고 쓰케기다나 집에 돌아왔는데, 격자 대문은 잠겨 있지도 않은 데다 안에 들어가 보니 등불은 말할 것도 없고 화롯불도 어두워져 재가 밖으로 날려 있는 것이 썰렁했으며, 아직 세찬 2월의 늦바람이 열어 놓고 간 창문에서 들어와 몸에 스미는 것도 참기 힘들었다. 무슨 영문인지 생각할 수도 없이 램프를 켜고 이리저리 궁리만 하자, 소리가 나는 것을 듣고는 바로 이웃에 사는 소학교 교원의 아내가 부리나케 밖에서 돌아 들어와 "오셨어요? 사모님은 조금 전, 그러니까 3시 지나서였을까요? 친정에서 마중 나왔다며 근사한 인력거가 보였는데, 집을 좀 부탁한다고 말씀하시고는 그대로 나가셨어요. 불씨가 없으면 가지러 오세요. 저희는 물도 끓이고 있으니까요." 하고 바지런히 신경을 써 주었다. 그래도 미심쩍은 구름은 가슴속에 막혀 '어떤 차림으로, 무슨 말을 하고 나갔습니까.' 하고 묻고 싶기도 했지만, 질투하는 남자라고 헤아려지는 것도 억울해 "이것 참, 여러모로 폐를 끼쳐 드렸네요. 제가 왔으니 이제 마음 놓고 쉬세요." 하고 간단히 말하며 이웃집 아내를 돌려보냈다. 그런 뒤에 혼자 쓸쓸히 램프 빛에 의지해 담배를 피우다 화가 치민 나머지 선물은 쥐나 먹으라며 상자에 사초 새끼줄이 묶인 그대로 부엌 쪽에 냅다 던지고 그날 밤에는 잠자리에 들었지만, 정말로 울화를 풀 길이 없어 '설사 어떤 볼일이 있다고 해도 내가 없는 사이에 무단으로 외출하다니. 더구나 문도 활짝 열어 두고 말이야. 이게 아내란 자가 할 짓인가?' 하고 생각하자 정말 너무하다 싶어 가슴이 터질 것만 같았다. 날이 새고 일요일이 되었다. 온종일 누워 있어도 나무라는 사람은 없었다. 베개를 안고 애벌레를 흉내 내며 밖의 격자 대문에는 자물쇠를 채운 채로 누가 찾아와도 아무 기척도 하지 않았다. 무료히 보내다 오후 4시쯤이 되자 인력거가 문 앞에 멈추며 고운 고마게타[78] 소리가 들렸는데, 물론 돌아온 것인 줄은 알았지만 시치미 떼며 자는 체하자 미오는 격자 대문을 밀어 보며 "어떻게 된 일이지? 자물쇠가 채워져 있네." 하고 혼잣말을 하다 이웃집의 소나무 울타리를 따라 부엌문 쪽 샛길로 집에 들어왔다.

"어제 오후 야나카의 어머니가 갑자기 격통이 났다고 하셔서요. 강하게 가슴 끝을 찌르는 듯이 아파 한때는 아무래도 가망이 없다는 말도 들었는데, 의사 선생님이 피하 주사니 뭐니 하는 걸 써서 무사히 진정돼 오늘은 혼자 측간에도 가실 수 있게 됐어요. 이런 사정 때문에 시간이 걸린 거예요. 어제 집을 나갈 때도 가슴이 두근거려 아무것도 생각할 수 없었어요. 나중에야 문단속도 하지 않고 샛문도 열어 놓은 게 떠올라 당신이 분명 화내셨을 터라 생각하고는 안절부절못했는데, 그

---

78 駒下駄. 바닥에 굽을 따로 달지 않고 통나무를 그대로 깎아서 만든 게다.

래도 환자를 두고 그냥 올 수는 없었어요. 오늘도 이렇게 늦게 까지 있다 왔지만, 어디까지나 제가 잘못했고 이렇게 사과할 테니 부디 용서하시고 평소처럼 다정한 얼굴을 보여 주세요. 그만 기분 푸세요." 하고 사과하자 "아, 그래?" 하며 조금 고집 을 꺾었다. "그럼 그런 사정이라고 왜 엽서도 보내지 않았어. 바보같이." 하며 나무라다가도 "장모님은 아프시지도 않고 튼 튼하신 분인 줄로만 알았는데 격통은 이번이 처음이신가?" 하 며 화목하게 이야기를 나누느라 요시로는 무슨 비밀이 있는 지도 알지 못했다.

4

　덧없는 세상에 거울이라는 것이 없다면 자기 얼굴이 고운 지도 추한지도 모른 채 분수에 안주한 마음으로 비좁은 집에 양귀비, 고마치를 숨기고 아름다운 색의 앞치마를 매며 다소 곳하게 삶을 보냈을 터다. 하지만 만사에 들썽거리는 여심을 흔들어 깨우는 찬사에 저도 모르게 얼굴이 확 달아오른지라 어제만 해도 그냥 내버려 둔 머리를 요염하게 틀어 올렸으며, 회중경을 들고 보자 눈썹도 이어져 있다시피 무성해 옆집에서 면도칼을 빌려 얼굴을 다듬는 마음이 비로소 남들의 시선을 끌고 싶다는 생각에 들떠, 주반의 소맷자락을 가지고 싶어 하 는 한편, 해진 수자직 옷깃의 한텐을 입은 지금 처지를 섭섭하 게 여기기도 했다. 요시로의 아내 미오도 우선은 세상이 치켜 세워 준 탓이다. 신분은 높지 않아도 진심이 담긴 남편의 인정 이 고마워 다다미 여섯 장, 네 장 두 칸의 방이 있는 집을 금전

136

옥루로도 알았고, 언젠가 4초메 약사당에 가는 길에 사 준 양은 반지도 소중하게 뱅어 같은 손가락에 끼우고 다녔으며, 말굽으로 된 치장용 빗도 부자들이 꽂는 대모갑으로 된 것인 줄로 알고 좋아하곤 했지만 "저런 용모를 썩히다니 안타깝네. 웃음을 팔러 나갔다면 아마 시마바라[79]에서 제일가는 미인이 돼 견줄 사람이 없었을 텐데." 하고, 말은 아무리 해도 공짜라는 심보에서 제 재미를 보려고 추어올리며 남의 아내를 품평해 대는 얼빠진 사람도 있었다. 두부를 사러 나무 그릇을 들고 밖에 나갔을 때는 지나던 젊은 무리가 돌아보고는 "아까운 여자인데 옷차림이 영 말이 아니네." 하며 큰 웃음을 터트리기도 했다. 생각해 보면 8엔을 버는 최하급 관리의 아내로서는 고급 비단을 본떠 만든 무명옷을 입고 빛바랜 자주색의 폭 좁은 모슬린 오비를 맨 차림보다 더 꾸밀 수는 없지만, 애젊은 마음에는 테가 느슨해진 나무 그릇에서 비참하게 두붓물이 줄줄 흐르는 것에서도 얼마나 공연히 눈물지었으랴. 하여간 마음이 어수선해 옷깃과 소맷부리만이 눈에 보였는데, 엎친 데 덮친 격으로 그 작년 봄비가 그친 어느 날, 오늘이 아니면 없을 정도로 꽃이 만개해서 우에노에서 스미다강에 걸쳐 즐겁게 거닐고자 이 부부는 할 수 있는 만큼 멋을 부리고 나온 일이 있었는데, 따로 간수해 두던 나들이옷 한 벌로도 남편은 가문(家紋)이 들어간 검은 비단의 하오리를 입었고 아내는 단 하나뿐인 비단 오비를 매고 어제 졸라서 산 옻칠한 고마게타를 신었

---

79 島原. 신시마바라(新島原) 유곽을 가리키는 듯. 1868년 8월, 동년 11월에 설치될 쓰키지 거류지의 외국인을 목표로 놓고 설치되었으나 예상만큼 번성하지 않아 약 3년 만에 폐쇄되고 기루는 요시와라로 이전했다.

다. 신발 바닥은 최고급 다다미 재질을 모조한 것이기는 했지만 비교할 것이 없던 무렵에는 이마저 고맙게 여기고 나섰다. 도에이잔[80]의 춘사월은 참으로 장관이었다. 구름으로 헷갈릴 나무 사이로 보이는 벚꽃도 오늘내일뿐인 17일이었던지라 히로코지에서 바라보자 돌층계를 오르내리는 사람의 모습은 마치 개밋둑을 쌓아 올린 듯했고, 나무 사이의 꽃과 기모노의 아름다움이 겨루었다. 무심히 보는 눈의 호강으로도 이보다 더 근사한 경치는 없었을 터다. 두 사람이 사쿠라가오카에 올라와 지금의 오운다이[81] 옆에 가까이 왔을 때, 맞은편에서 대여섯 량의 인력거가 힘차게 영차, 영차 외치며 왔는데, 그러자 많은 사람이 멈춰 서서는 "이야, 저거 좀 봐." 하고 말했다. 보아하니 어느 화족 집안에서 왔는지 젊은 사람, 나이 든 사람이 뒤섞여 있었는데, 화려하게 입은 사람은 아케보노노조메[82]의 후리소데[83]에 심홍색 무지 주반을 입었고 나이 든 사람은 벚꽃 사이로 비치는 소나무 색과 같은 옷을 입고 있었다. 언제보아도 질리지 않는 것은 검은 예복에 대모갑 비녀를 꽂은 차림이었는데, 오늘날로 치면 옷깃 사이로 반짝이는 금 사슬이 보이는 차림일 것이다. 인력거가 야오젠[84]에 멈추고 사람들이 잇따라 안으로 들어가는 것을 밉살스럽게 평하며 지켜보는 사

---

80 東叡山. 우에노 간에이지(寬永寺)의 산호(山號).

81 桜雲台. 우에노 공원 내에 있던 일본 요리점.

82 曙(-染). 바림 염색의 일종. 옷을 지었을 때 새벽하늘처럼 홍색, 자색 등으로 어깨부터 아래쪽 옷자락을 향해 점차 색조를 옅게 해서 물들여 가고, 마지막 옷자락 부분의 한 뼘 정도를 희게 남겨 둔다.

83 振袖. 소매 길이를 길게 해서 만든 미혼 여성의 예장용 옷.

84 八百膳. 우에노 공원에 있던 노포 요정.

람도 있었고 다만 어련무던하게 근사하다고 말하고는 지나가
는 사람도 있었는데, 미오는 어떻게 느꼈는지 멍하니 선 채로
곰곰이 바라보기만 했다. 그 얼굴이 왠지 조금 쓸쓸하게 생각
에 잠겨 있는 듯 보여 요시로가 "어느 화족일까? 화장이 참 진
하네." 하고 돌아보며 말했지만 미오는 귀담아 듣지도 않는 모
습이었다. 다만 자기 몸을 쳐다보며 풀죽어 있기만 해서 요시
로가 걱정스러운 마음으로 "왜 그래?" 하고 묻자 미오는 "갑자
기 기분이 좋지 않네요. 저는 무코지마에는 가지 않고 여기서
바로 집에 가고 싶어요. 당신은 천천히 구경하다 오세요. 저는
먼저 인력거로 갈게요." 하고 맥없는 듯이 침울하게 말했다.
"그것참." 하며 요시로는 걱정하다 "혼자서 뭐가 재미있겠어.
다시 오기로 하고 오늘은 관두자." 하며 미오의 말대로 흔쾌히
동의해 주었는데, 이때만 해도 요시로는 무엇이라고도 생각하
지 못했다. "그래도 가는 길에 닭 요리라도 먹자." 하며 기분을
맞춰 줄수록 어쩐지 서글퍼 미오가 도망치듯 쏜살같이 걸음을
서두르자 요시로는 나머지 흥도 다 깨지고 말아 다만 오미오
가 몸이 아픈 것만이 몹시 걱정되었다.

부질없는 꿈에 마음이 틀어진 뒤로 오미오는 더는 지난날
의 오미오가 아니었다. 남의 눈이 없으면 눈물로 소맷자락을
눌러 적셨고 누구를 그리워하는 것도 아닌데 멍하니 무슨 생
각이 든 탓에 미안한 일인 줄은 알면서도 요시로를 대하는 것
이 어제와는 같지 않았다. 성가실 때는 건성으로 대답했고 남
자가 화내면 자기도 "마음에 안 들면 이혼하세요. 억지로 데
리고 살라고는 말하지 않아요. 제게도 태어난 집이 있다고
요." 하고 대들며 도도하게 나왔고, 남자도 이를 참지 못해 빗
자루를 휘두르며 나가라고 고함쳤기에 분위기는 험악한 바람

을 탔다. 그러면 과연 여자 마음에는 서글픔이 가슴에 밀려와 "당신은 기어코 저를 못 살게 굴려는 건가요? 제 몸은 애초에 당신한테 준 거니 얄미우면 때리세요. 죽이라고요! 저는 여기서 죽을 각오를 했기 때문에 죽임을 당한대도 물러서지 않을 거예요. 자, 무슨 짓이든 하라고요." 하고 울며 소맷자락에 매달려 몸부림쳤는데, 애당초 미움은 없는 아내였고 이혼 이야기는 잠깐 겁만 주려고 했을 뿐이었기 때문에 매달려 우는 것을 호기로 삼아, 왈가닥이 괜히 서운한 소리를 하는 것이고 허물없는 사이인 데 기대 응석을 부리는 것으로 여기고 용서했으니 사랑은 날이 갈수록 커질 수도 있었을 터다.

5

요시로에게 변심은 없었기에 하루고 백 년이고 똑같은 날을 보냈지만, 하여간 그때부터 미오의 낌새는 이상했고 멍하니 하늘을 보며 무슨 일이든 손에 잡지 못했으니 수상할 따름이었다. 요시로가 그 모습을 가만히 보기에는 마치 사랑에 마음을 빼앗겨 속이 텅 빈 사람과 같았다. "여보! 여보!" 하고 불러도 "네."라고 하는 대답에는 힘이 없었다. 이럭저럭 나날을 의무만으로 보내며 몸은 여기에 마음은 저 어디의 하늘을 헤매기 때문일까. 하나하나 마음에 걸리는 것뿐이었다. 제 마누라를 남한테 빼앗기고 모르는 건 남편이 물러 터졌기 때문이라며 손가락질 당할 것도 분했고, 정말로 그런 일이 있었을 때는 둘 다 요절을 내 버릴 각오까지 하고 요시로는 미오를 그림자처럼 따라다니다시피 지켰다. 하지만 이렇다 할 흔적도 없었고 단지 멍청하게 생각에 잠긴 듯이 어떨 때는 절절히 울며 "여보, 당신은 대체 언제까지 이런 월급을 받고 있을 작정이세요. 맞은편 저택 주인은 그 옛날에는 영주님 저택에서 하인으로 지낸 사람이었는데, 한 마음을 굳게 먹고는 저렇게 출세를 했잖아요. 마차만 타면 아무리 수염이 텁수룩해도 근사해 보이지 않겠어요? 당신도 남자잖아요. 하루 빨리 이런 낡은 양복 차림으로 도시락이나 싸 들고 다니는 직장은 관두고, 길 가면 남들이 뒤돌아볼 훌륭한 사람이 돼 주세요. 제게 죽순껍질 꾸러미를 들고 올 정성이 있다면 퇴근길에 야학이든 뭐든 다녀서, 제발 세상 사람들한테 뒤지지 않도록, 남들 못지않은 대단한 사람이 되시라고요. 부탁이에요. 그걸 위해서라면 저는 부업이라도 해서 반찬값은 댈게요. 제발 노력을 해 주세요. 이렇게 빌 테니." 하고 마음으로부터 말했다. 요사이에 사는 보람도 없이 생활한 것을 헤아리자 요시로는 그 말을 괘씸한 모욕으로 듣고는 '얼어 죽을 야학 얘기는 나를 집 밖에 내보내고 자기 재미를 보려고 꺼낸 거겠지.'라는 생각에 오로지 분하기만 해서 "어차피 나는 이렇게 패기 없는 놈이잖아. 마차는 생각도 못 해 봤어. 혹시나 앞으로 인력거를 끄는 신세가 될지도 모르니, 당신은 장래를 생각해 지금 당장 머리 좋고 능력 있고, 많이 배웠고 인물 좋은 어린 남자로 갈아타는 게 낫지 않겠어? 앞집 바깥사람도 당신 얼굴을 칭찬하는 것 같던데." 하며 되지도 않는 말로 비아냥거렸다. 그러고는 "나는 곰이야, 곰! 곰인 데다 패기도 없다고!" 하며 大자로 드러눕고 야학은커녕 다음 날 일하러 가는 것마저 귀찮게 여기며 한시도 곁에서 떠나지 않겠노라고 한지라 미오는 "아, 당신은 왜 그렇게 말귀를 못 알아먹으세요?" 하며 한심해했다. 마음이 서로 겉돌아 무슨 말만 하면 다툼의 고삐가 당겨져 울고 삐치고 치고받고 하는 와중에, 그래도 서로 미움이 없는 부부였기에 그때그때 서로가 보이는 태도를 잊기 어려워, "여보, 이렇게 하세요. 저렇게 하세요."라고 하니 "미오야. 미오야." 하며 눈에도 넣고 싶은 마음이 들었다. 때문에 이 집에서 톡톡대며 말다툼하는 소리가 들려도 참견하는 이웃은 없었다.

지난번 요시로가 매화 구경으로 집에 없을 때, 친정에서 마중 나왔다고 하며 금칠한 가문이 새겨진 인력거가 온 뒤로 오미오는 그럭저럭 고민이 잦아들어 남편을 심하게 타박하지는 않았지만 울울하게 날을 보내며 친정을 더욱 가까이했는데 돌아와서는 옷깃에 턱을 묻고 가만히 한숨을 쉬었다. 남편이 의아해하니 "그냥 좀 기분이 안 좋아서요."라고 했는데, 음식도 잘 먹지는 못했다. 낮잠을 자기 일쑤인 데다 마음이 울적해져 점점 낯빛이 파래졌는데, 요시로는 오로지 아픈 줄로만 알았기 때문에 미오가 한없이 가여워, 의사의 진찰을 받으라느니 약을 먹으라느니 하고 챙기며 질투는 다 잊고 이 일에 마음을 다했다.

그런데 오미오가 아픈 것은 경사스러운 결실 때문이었다. 3, 4월 즈음부터 그것인 줄은 분명해졌고, 어느새 매실이 떨어지는 여름 장마철이 되자 이웃, 주변 사람들로부터 축하한다는 말을 확실히 들었다. 미오는 때마침 무더운 날씨에 한텐을 벗지 못할 정도로 부끄러워했지만 요시로는 귀하고 기쁜 일이 생긴 것을 꿈처럼 더듬게 되었고, 오는 10월이 당월임을 남들에게 자랑하지는 못했지만 내심 손꼽고 있었다. 사내아이였으면 좋겠다고 하며 부질없이 점을 치면서도 겉으로는 시치미를 뗐다. 순산하는 부적이니 뭐니 하며 남들에게 들은 것을 곧이곧대로 했는데, 서투른 남자의 몸이라 잘못만 늘어나서 미오의 모친에게 모든 일을 부탁했다. "자네보다는 내가 더 잘 알지."라고 하자 요시로는 두 손 들고 "이야, 그렇군요." 하며 입을 다물었다.

6

"월급 8엔은 아직도 오른다는 소식이 없군그래. 나중에 애가 태어나고 나가는 돈이 늘고 남의 손이 필요하게 되면 너희는 어쩔 생각이냐. 미오는 몸이 약해 자네를 도와 부업을 하기도 어려울 테고, 세 식구가 꼼짝없이 비렁뱅이 같은 생활을 하는 것도 그리 칭찬할 일은 아니지. 뭐가 됐든 일을 찾고 지금부터 노력해 좀 더 돈이 되는 직업으로 바꾸지 않으면 앞으로 너희는 난처해질 거고 무엇보다 아이도 키우지 못할 거야. 미오는 내 외동딸이니, 내친김에는 자네가 내 노후도 돌봐 줬으면 싶고, 사치를 부리는 건 아니지만 절에 참배를 갈 때 용돈 정도는 받고 싶네. 그러겠다는 약속을 듣고 시집을 보냈는데, 애당초 그러지 못하는 건 자네가 뺀들거려서가 아니라 어쩔 도리도 없이 패기가 없기 때문이 아닌가. 그래서 나는 맘을 접고 혼자 먹고살 수 있는 데까지 이 나이를 먹고도 하녀를 소개해 주느니 남의 일을 거드니 하며 이렇게 늙어서까지 일해 창피를 사며 보람 없는 세상을 보내고 있다네. 그런데 고생을 한다고 해도 믿는 구석은 하나 있어야 하지 않겠는가. 자네 부부의 생활을 눈여겨보고 있네만, 내가 더는 일하지 못해 도움을 청해야 하는 날이 왔을 때 과연 월급 8엔으로 뭘 할 수 있겠는가. 그 생각을 한다면 지금 바로 결심을 해서, 서로 조금 힘들지라도 한동안은 별거를 하고 미오와 애는 전부 내 손에 맡기고 자네는 혼자가 돼, 관청 일만 하지 말고 지방으로 떠나 일을 벌여서라도 제구실을 해서 남들만큼은 세상을 살 수 있도록 노력하는 게 좋지 않겠나? 미오는 내 딸이니 내 생각에 따라 주지 않는 일은 없을 걸세. 다 자네 생각 하나에 달렸단 말이네." 이렇게 모친은 오미오가 출산하기 전부터 다 자기가 챙겨 주어야 한다면서 이 집에 쭉 들어앉아 있으면서도 툭하면 사위를 책망했다. 요시로는 이가 갈릴 정도로 괘씸해, 저 노파를 때려눕히는 것은 식은 죽 먹기이지만 홀몸이 아닌 미오가 걱정을 하는 것은 태어날 아이에게도 좋지 않다고 생각해 화를 삭이며 "저도 남자인 만큼 처자식 정도를 먹여 살리지 못할 일은 없을 테고, 그리고 인생은 깁니다. 무덤에 들어갈 때까지 8엔은 아닐 테니 특별히 걱정하실 것 없습니다." 하며 듣기 좋게 말하자, 모친은 얼룩덜룩한 검은 이[85]를 내보이며 "과연 말 한번 잘하는구나. 그렇게 말하지 않으면 섭섭하지. 역시 사내대장부인 만큼 그런 생각도 가지고 있었겠지. 아이고, 장하네." 하며 공연히 고개를 끄덕이니 밉살스럽기 그지없었다. 이에 미오가 "엄마, 그런 말은 하지 마세요. 이이 기분을 상하게 해도 곤란하잖아요." 하며 갈팡질팡했기 때문에 요시로는 '바보 같은 할망구 같으니. 아무리 우리를 갈라놓으려 해도 미오는 내 거야. 부모 말이라고 해서 헤어져 버릴 매

---

85   이를 검게 물들이는 오하구로는 에도 시대 기혼 여성과 유녀의 관습으로, 메이지 시대 이후로 쇠퇴하였다. 여기서는 가난 때문에 그 이를 깔끔한 검은색으로 관리하고 있지 못한 것을 가리킨다.

정함이 있을 수 있을까? 더구나 앞으로 사랑스러운 애까지 태어날 테니 우리 사이는 만만세야. 드넓은 하늘이 발을 굴려 천둥이 친다고 해도!'[86]라는 생각에 우쭐해하며 모친을 깔보고는 미오는 떠나지 않으리라 저 혼자 굳게 믿었다.

10월 보름날, 요시로가 퇴근하던 즈음에 무사히 여자아이가 태어났다. 바랐던 아들은 아니었지만 사랑스럽기가 어찌 다르랴. "아이고, 돌아왔는가." 하고 모친이 마중을 나왔는데, 과연 첫 손주를 얻은 기쁨에 뺨 주위의 주름도 선명하게 보이며 "애 좀 보게. 참 예쁜 아이가 아닌가. 얼굴이 불그레하구먼." 하고 아이를 내밀자, 요시로는 새삼 어안이 벙벙하게 기뻐 받아 들기도 적이 부끄러워 모친에게 그대로 안겨 주고 살펴보았다. 누구를 닮았는지, 그를 닮았는지 분간이 되지 않았지만 마냥 신기하고 귀여워 그 울음소리도 어제까지 이웃집에서 들려온 것과 똑같게는 생각되지 않았고, '그렇게 위태롭게 생각한 일이 이렇게 별 탈 없이 끝난 건가.'라는 생각에 무거운 짐을 내린 기분도 들어 산부는 어떤 모습인가 싶어서 보자, 높은 베개에 기대 머리에 수건을 동여매고 산발인 채로 있었다. 가여울 정도로 야위었지만 그 아름다움은 거룩해 보였다.

첫이레 잔치니 산후 완쾌를 축하한다느니 수호신을 참배한다느니[87] 하며 시간만 분주히 흘러갔다. 아이 이름은 종이에 적어 두고 수호신 앞에서 길흉을 점치는 제비처럼 해서 고

---

86 아래 와카에 근거.
드넓은 하늘/발을 굴려 울리는/천둥이라도/사모하는 사이를/가를 수가 있으랴 ─ 「고킨슈」사랑④

87 宮参リ. 생후 한 달 전후에 그 고장을 수호하는 신이 있는 신사에 가서 참배하는 일.

르자, 늘 푸른 '마쓰', '다케', 봉래산에 사는 '쓰루', '가메'[88]와 같은 이름에는 손도 닿지 않고, 요시로가 다만 붓이 가는 대로 "이런 이름도 부르기 좋지." 하며 써서 넣은 '마치'가 뽑혔다. "여자는 얼굴이 예뻐야 많은 사람의 사랑을 받고 팔자가 좋은 법이지. 오노노 고마치는 아니지만 오마치도 예쁜 이름이야." 하고 일가는 기뻐하며 "마치야. 마치야." 하며 손에서 손으로 아이를 건넸다.

7

오마치가 방긋거리게 되자 때는 새해의 봄이 되었다. 오미오는 매일 같이 편하지 않은 얼굴이었다. 때로 눈물에 잠기기도 했는데 부인병 탓이라고 자기가 말하니 요시로는 그리 의심도 하지 않았다. 단지 자라는 아이 이야기만 하며 예의 양복 차림으로 대단지도 않은 직장에 도시락을 들고 어제도 오늘도 나갔다.

오미오의 모친이 도쿄살이도 왠지 내키지 않고 보람 없는 나날을 보내는 데 질려, "너희한테 폐도 덜 끼쳐야 되겠고, 또 평소 크게 신세를 지고 있던 종3위 군인[89]님이 교토 쪽으로 영전하시게 돼 저택을 거기에 지으셨다는구나. 그래서 거기서 하녀들 감독을 하면서 여생을 보내려고 한다. 노후도 봐 주

---

88 각각 영원히 변하지 않는다는 의미의 소나무와 대나무. 수명이 길어 경사스럽다는 의미의 두루미, 거북을 뜻한다.

89 메이지 초년의 관제에서 중장(中將)에 해당한다.

시겠다는 약속도 있으니 이제 더는 여기에 있지 않으련다. 또 올 일이 있다면 하루 재워나 다오. 이것 말고는 더 폐를 끼치지 않으마."라고 하자 요시로는 그래도 장모가 홀몸이라 미오가 염려할 것도 헤아려, "어머님도 이제 나이가 드셨는데 아무리 편한 일이라고 해도 남의 집에서 고용살이를 하시게 돼선 자식인 저희가 면목이 없습니다. 제발 가지 마세요."라고 했지만 장모는 "아니, 아니네. 그런 말은 자네가 출세한 날에 들려주게. 지금은 됐네." 하며 몸 하나에 보자기를 들고 야나카 집에는 세놓는다는 딱지를 붙이고는 뱃길로 느긋이 저쪽 땅으로 향했다.

그로부터 한 달이 지났다. 구름이 검고 달빛이 어둡던 저녁, 요시로는 잔업으로 조사할 것이 있어 집에는 해가 넘어간 여덟 시에 돌아왔는데, 평소라면 어스레한 램프 곁에 팔랑개비나 개 인형이 어질러진 가운데 아직 엄마 티도 나지 않는 미오가 가슴을 느슨히 풀고 누워서 아기에게 젖을 먹이는 아름다운 모습이 보여야 하지만, 격자 대문 밖에서 살피자 등불이 희미해 장지에는 사람 모습도 비치지 않았다. "여보, 여보." 하고 부르며 안에 들어가자 대답은 옆집 쪽에서 들렸는데, "지금 가요!" 하고 말하는 것은 비슷했지만 목소리는 영 달랐다.

옆집 아내가 들어오는 것을 보니 품에는 마치를 안고 있었다. 요시로는 두근대는 가슴으로 "미오는 어디에 갔습니까. 이 저녁에 등불을 켜 놓고 장이라도 보러 갔나요?" 하고 묻자 옆집 아내는 인상을 찡그리며 "네, 그렇긴 한데요……"라고 했다. 품속의 마치가 잠에서 깨 킹킹 칭얼거려 "어어, 착하지. 착하지." 하고 흔들며 달래는 바람에 말이 끊겼다.

"등불은 제가 방금 전에 켠 거예요. 실은 여태 집을 대신

봐 드리고 있었는데, 저희 집 애가 보채서 달래러 가느라 잠시 자리를 비웠거든요. 사모님은 오늘 점심 전에 '큰길에 장 보러 갔다 올게요. 돌아올 때까지 애 좀 부탁할게요.'라고 하시며 나가서 금방 오시겠지 싶었는데, 2시가 되고 3시가 됐는데도 아무 소식이 없고 여태 그림자도 보이지 않네요. 장을 어디까지 보러 나가신 걸까요? 집을 봐 주다가 날이 저무는 것만큼 걱정되는 건 없는데…… 어떻게 되신 걸까요?" 하고 묻자 그것은 오히려 자기가 묻고 싶어 요시로는 "혹시 평상복으로 나갔습니까?" 하고 되물었다. "음, 하오리만 바꿔 입고 가신 것 같아요." "뭘 가지고 나갔나요?" "아뇨, 그런 기억은 없네요." 요시로는 뭔가 수상해 팔짱을 끼고 고민해 보았지만 미오가 이렇게 늦도록 어디에 가 있을지는 짐작도 되지 않았다.

"애 보시기는 서투르시죠? 사모님 오실 때까지는 제 젖을 먹일게요." 하며 옆집 아내가 차마 보다 못해 아이를 안고 갔다. "그럼 좀 부탁합니다."라고 말하면서도 요시로는 미오가 어디에 갔는지에만 마음이 쏠려 오마치는 신경도 쓰지 못했다.

설마설마했지만 풀리지 않는 수상함은 의심의 구름이 되어 하나뿐인 장롱의 서랍장을 비롯해 동고리 밑바닥까지 마구 뒤지며 혹시 그 흔적이 있을까 싶어 찾아보았으나 먼지 한 점도 바뀐 것은 없었다. 평소 애지중지하며 가장 즐겨 매던 알록달록한 오비아게도 그대로였다. 그러다 평소 용돈을 넣어 놓는 경대 서랍을 열어 보았는데, 이게 어찌된 일일까. 손을 베일 듯한 새 지폐로만 스무 장쯤이 다발로 있었고 그 위에는 편지 한 통이 있었다. 요시로는 그것을 보자마자 기겁을 해서 가슴이 터질 것만 같았다. "역시 사정이 있었다 이거지!" 하며 혈안이 되어 봉을 뜯자 딱 한마디가 있었다.

미오는 죽은 사람입니다. 어디 갔는지 찾지 마시고 이 돈은 마치 쌀미음 값으로 쓰세요.

요시로는 순식간에 얼굴이 붉으락푸르락하고 입술을 파르르 떨며 "이 망할 할망구가!" 하고 악을 썼는데, 분노가 속으로부터 치밀어 마치 몸에서는 검은 연기가 피어나는 듯했다. 지폐고 편지고 갈가리 찢어 버리고 벌떡 일어선 그 모습을 누가 보았다면 과연 어땠을까.

8

덧없는 세상의 욕망을 돈에만 쏟아부으며 15년 동안 몸부림친 결과, 남들에게는 적귀라는 별명을 뒤집어쓰고 쉰도 되지 못한 삶의 도정을 사회(死灰)처럼 마감하고 남긴 돈은 수만 금이었다. 지금의 가나무라 교스케라는 사람은 그 요시로의 사위다. "저 사람은 지위가 저러하니 남의 성을 받아서 쓰지 않아도 될 텐데." 하며 비난하는 사람도 있었지만, 속 편하게 뜻한 길을 나아가면서 집안에 신경을 써야 한다는 성가심이 없는 것은 다 양부가 내려 준 선물인 셈이다. 그렇다고 부인 마치코가 스스로 총애하는 손바닥에 올라타 남편을 무턱대고 업신여기는 것은 아니었지만, 시부모가 있어 만사에 갑갑하고 거북한 며느리 신세와는 달랐기 때문에 보고 싶다고 느끼면 상연 목록이 바뀔 때마다 연극을 보러 가기도 했는데, 여기에 누가 감히 불평하랴. 꽃놀이, 달구경에 남편을 꾀어 소맷자락을 나란히 하는 것이 낙이었고, 귀가가 늦을 때는 어디에든

전화를 걸며 밤이 깊어도 잠에 들지 않았다. 너무 보고 싶고 그리울 때는 자기도 조금은 부끄러운 마음이 들었다. 무슨 까닭인지는 알기 어렵지만 남편이 없을 때는 불안을 견디기 어려워 그 사람이 친오빠나 부모인 양 미덥게 느껴지기도 했다.

그런데 간혹 지방 유세를 간다고 하며 석 달, 반년 동안 집을 비우기도 했다. 온천장을 돌아다닌다는 것과는 달라 이때만큼은 응석을 부릴 수도 없어 괜스레 편지만 주고받았다. 서로의 봉투 안에는 차마 남에게는 보여 줄 수 없는 말도 많았을 터다.

이런 사이에 왜 자식이 없을까. 같이 산 지 10년 남짓하지만 꿈에도 그런 낌새가 없어 우에노 기요미즈 관음당에서 주는 흙 인형에 얼마나 헛된 바람을 불어넣었던가. 남편은 쓸쓸한 나머지 남의 아이를 받고 싶다고 말했지만 사모님의 눈이 까다로워 인연은 없이 흘러갔다. 낙엽과 서리가 아침마다 쌓이고, 바람이 불어 춥고 비가 내리는 밤에는 하녀들을 고타쓰 방에 불러 모아 세상 이야기니 소설 이야기를 나누었다. 발랑 까진 하녀는 재잘재잘 만담을 펼쳤고 사모님 마음에 들었을 때는 이것저것 상도 받았다. 남에게 무언가를 주는 것은 어릴 적부터 지녀 온 사모님의 낙이었는데, 부친은 이를 둘도 없이 싫어했다. 한마디로 말하면 기분파라고 할 수 있을까. 마음에 스미는 한마디가 있으면 앞뒤도 보지 않고 그 사람을 가엾게 느꼈기에, 차부 모스케의 외아들인 요타로에게 남편이 올봄에 새로 맞춘 비단 하오리를 하사한 것도 깊은 이유에서는 아니었다. 지나가는 푸념으로 설빔을 지을 수 없다는 사정을 대강 말했는데 머지않아 그것을 가엾게 여기고 옷을 준 것이었다. 모스케는 감지덕지했고 다른 사람들은 그 옷에 새겨진

매 깃털 무늬의 가문을 공연히 힐끗거렸다. 아무 사심 없이 사모님은 서생 지바가 추워할 것을 걱정해 침모 나카에게 분부했는데, 말을 들었으니 거스를 도리가 없어 조금은 날릴 생각으로 솜이 들어간 비백 무늬 하오리를 뚝딱 지었다. 그 이튿날 밤에는 그것을 입혀 주었기에 지바는 은혜에 감격해서 말로 여러 고마움을 표하지는 못했지만, 마음이 약한 사내였기에 눈물마저 지으며 허드레꾼인 후쿠에게 감사 인사를 마땅히 전해 달라고 했는데, 철새 고용인 특유의 침 바른 소리로 이래저래 여차여차 하며, "사모님, 지바가 막 울더라고요." 하고 고하자 사모님은 "어쩜, 불쌍하기도 해라." 하며 편애가 늘어나 주는 물건이 전보다 많아졌다.

　11월 28일은 남편의 생일이어서 해마다 친구들을 초대하고 연회석에는 저 어디의 아름다운 게이샤를 뽑아 오고 진미 요리를 늘어놓으며 격의 없이 한바탕 즐기고 노는데, 텁석부리 도리이 씨 입에서 "만난 처음부터 사랑스러움이……"[90] 하는 기막힌 창을 듣는 것도, 예의 사와키 씨가 도망자 우메가와를 연기하며 "당신의 아버지 마고'이'몬과……"[91] 하는 말로 제 고향이 어디인지 티 내는 것도[92] 모두 이 연회에서 볼 수 있는 숨은 재주였다. 이에 화려한 취미인 사모님도 이날을 기다

90　샤미센 음악 「아케가라스하나노누레기누(明烏花濡衣)」의 모두 부분.
　　어떠한 인연으로 그 사람을 만난 처음부터 사랑스러움이 몸에 절절히 사무쳐……

91　조루리 『명도의 파발꾼(冥途の飛脚)』의 마지막 단인 「니노쿠치무라(新口村)」의 한 장면. 공금에 손을 대고 수배를 받게 된 주베가 늙은 아버지와 만나기 위해 사랑하는 유녀 우메가와와 함께 고향인 니노쿠치무라로 도망쳐 온다는 내용.

92　1장 참조. 원래 발음은 마고'에'몬(孫右衛門).

렸다는 듯이 새로 맞춘 비단옷을 세 벌 겹쳐 입으며 올해 유행을 알렸다. 날씨는 겨울이었지만 따뜻한 봄이 느껴지는 듯했다. 단풍이 떨어져 정원은 쓸쓸했지만 울타리의 산다화는 때를 안다는 듯이 향기를 풍겼고 소나무는 짙은 녹음을 내비치는지라 취하는 데 마음이 내키지 않는 사람은 없는 날이었다.

올해는 특히나 손님의 숫자가 많아, 오후 3시부터 시작이라고 표시해 보낸 초대장이 하나도 헛되이 된 것이 없었다. 저물녘의 성황이 다다미방에 넘쳐 다실 구석으로 밀려나는 사람도 있었고, 2층 난간에 있는 양장을 입은 유녀를 보고 "어, 안경이 하늘에 떠 있네?" 하며 취한 나머지 실실거리는 사람도 있었다. 마치코는 이윽고 많은 손님을 환대하기가 성가셔 "부인, 여기요." 하며 사람들이 잇따라 술잔을 건네도 "미안합니다. 제가 술이 약해서요." 하며 잔 씻는 그릇에 흘려 버렸다. 그래도 한두 잔은 피하기 어려워 어느새 귀가 뜨거워졌고 가슴 두근거림이 괴로워, 자리를 벗어나는 것은 실례였지만, 남들이 모르는 사이에 정원으로 나가 연못의 돌다리를 건너 석가산 뒤에 있는 이나리 사당 앞의 새전함에 잠시 앉았다.

9

이 집은 마치코가 열두 살 때 아버지 요시로가 저당으로 잡았다가 취득한 뒤로 수리는 했지만 정원의 물 흐름, 석가산의 형세, 소나무에 부는 나지막한 찬바람 소리는 옛날 그대로였다. 마치코는 알근한 기분이 꿈만 같이 느껴져 고개를 돌려 뒤를 보자, 구름 사이의 달이 어렴풋이 밝은 덕에 사당에 드리운 오래된 방울과 길게 드리운 홍백의 밧줄, 엄숙하게 빛나는 고경(古鏡)도 보였다. 밤의 세찬 바람이 쫘 사당의 격자문으로 불어오자 사람이 없는데도 방울이 딸랑거렸으며, 가느다란 막대에 달린 종이 장식이 나부끼는 것도 쓸쓸했다.

마치코는 갑자기 무언가가 두려워, 일어나 두세 걸음 나아가 안채 쪽으로 돌아가려 했지만, 붙들려 세워지듯이 멈춰서서 이번에는 고마이누[93]의 받침돌에 기댄 채로 나무 사이로 새어 오는 연회석의 떠들썩함을 아득히 들으며 '아, 저 목소리는 우리 그이네. 샤미센을 치는 건 고메일 테고. 어느새 저런 재치 있는 멋쟁이가 되신 걸까. 마음을 놓지 못하겠네.' 하고 생각하자 불안을 견디기 어려워져, 옥죄는 듯한 괴로움이 가슴속에 마구 들끓었다.

조금 오래 있으니 사모님도 술이 거의 깨서 만사에 어지러운 자신의 이상한 마음을 스스로 책망하고 돌아오자 술잔과 접시가 어질러져 있는 것이 말도 아니었다. 사람들을 마중 나온 인력거가 대문 앞에 기라성처럼 늘어서 "○○ 님, 가십니다!" 하는 소리가 높았지만 파한 뒤에는 추적추적 비가 내렸다.

고스케가 거하게 취해 예복도 벗지 못하고 드러누워 버리자 사모님은 "여보, 옷은 갈아입으셔야죠. 이러고 계시면 안 돼요." 하며 하오리를 벗기고 오비도 몸소 풀어 주고는 부드러운 비단에 플란넬을 덧댄 솜 잠옷으로 갈아입혔다. "자, 편히 쉬세요." 하며 손을 잡고 도와주자 남편은 "별로 안 취했다

---

93 狛犬. 사자와 닮은 짐승 석상. 신사 등 사원 앞에 수호, 마귀 축출의 의미로 대개 한 쌍을 둔다.

니까."라고 하고는 비틀거리며 침실로 들어갔다. 사모님은 하인들에게 "불조심하고 모두 들어가 쉬거라." 하고 분부하고 역시 침실에는 들어갔지만, 어쩐지 평온하지 않은 마음이 있어 아무 말 없이 심상찮은 얼굴을 보이자 남편은 반쯤 감긴 눈으로 그 모습을 보며 "왜 안 자오. 무슨 고민 있소?" 하고 물었다. 사모님은 딱히 뭐라고 대답할 것도 없었지만 "그냥 신기한 기분이 들어서요. 어떻게 된 걸까요? 저도 잘 모르겠어요." 라고 했다. 남편은 웃으며 "너무 신경을 써서 그렇겠지. 조금 진정되기만 하면 바로 나을 거요."라고 했지만 사모님은 "아뇨, 그래도 저는 뭐라 말할 수 없는 쓸쓸한 기분이 들어요. 조금 전에 모두가 너무 술을 권하는 게 성가셔서 혼자 정원으로 도망가 이나리 신령님 사당에서 정신을 차리고 있었는데, 이상하고 이상한, 기이한 생각이 덮쳐 와서요……. 웃지 마시고요. 정말 뭐라 말할 수 없는 기분이 됐다니까요? 당신이 웃고 나무랄 만한 그런 일이겠죠."라고 하며 고개를 떨어뜨렸다. 보아하니 이슬방울 같은 눈물까지 무릎에 흘리는 것이 심상찮게 보였다.

사모님이 전에 없이 암울하게 "제가 당신한테 버림받지는 않을까 싶어, 그래서 이런 쓸쓸한 마음이 들어요."라고 말하자 남편은 "또 그러오?" 하며 대수롭지 않은 듯 웃고는 "누구한테 무슨 말을 들은 거요? 아니면 혼자 그렇게 생각한 건가? 그런 되지도 않는 일이 있을 리 없잖소. 당신이 나를 좋아해 주는 만큼 세상 여자들은 나를 좋아해 주지 않으니. 마음 푹 놓고 있으시오." 하며 별것 아니라는 듯이 내뱉었다. "하지만 저는 그런 질투 같은 것 때문에 이런 말을 하는 게 아니에요. 오늘 떠들썩한 잔치에 많은 사람들이 온 가운데, 어느 한 명도 세상에서 유명하지 않은 사람은 없고, 이런 사람들이 모두 당신 친구인가 생각하면 기쁜 마음을 주체하기 어려워 안 보이는 데서 절을 하고 있어도 모자랄 만큼 고맙지만, 가만히 제 처지를 생각해 보면 당신은 앞으로도 점점 출세를 하실 테고 세상은 넓으니까 더더욱 대단한 분이 되시겠죠. 오늘 밤 고메가 타는 샤미센에 맞춰 「간진초」[94]를 한 구절 부르신 거 말이에요. 질투는 아니지만 그토록 솜씨를 키우신 줄도 모르고 늘 예전과 똑같은 당신이라고 생각했으니, 제 얄팍한 마음이 은연중에 드러나 싫은 생각도 조금은 드셨겠죠. 끝이 어딘지도 알 수 없는 세상에 태어나, 마냥 귀와 눈이 높아지는 대로 끝이 뻔히 보이는 집 안에서 종일 근심도 괴로움도 모른 채로 단지 멍청하게 사는 이런 처지를, 결국에는 당신이 싫어하시게 돼 슬픔에 떨어질 걸 생각하니 지금도 괴롭네요. 저는 당신 말고는 기댈 수 있는 부모 형제도 없잖아요. 딱 하나 있었다면 아버지인데, 아버지가 살아 계실 때 모습은 당신도 알다시피, 어머니를 닮았다는 제 얼굴을 볼 때마다 성질머리가 난다면서 곁에는 얼씬도 못 하게 하셔서 종일 외롭게 지냈잖아요. 그런데 고맙게도 당신을 만나 제 고집도 들어 주셔서 저는 요즘 걱정거리가 없고, 그건 정말 미안할 정도로 고맙지만, '내가 분에 차지 않는 사람이면 어쩌지?'라는 걱정에, 이런 생각 때문에 오늘 밤 쓸쓸한 기분이 든 거예요. 주체할 수 없는 비참함 탓에 말하면 안 되는 줄을 알면서도 결국은 이렇게 말하고 말았네요. 정말이지 죄다 종잡을 수 없는 기우겠지만 어떻게 생각해도 이런 마음이 드는데, 어쩌면 좋죠? 그냥 마음

94　勸進帳. 18편의 인기 가부키[歌舞伎十八番]의 하나.

이 막 불안하네요." 사모님이 이렇게 말하고 울음을 터트리자 남편은 "푸념이나 치우친 생각은 조리가 없는 것인 줄 아셔야지. 다 질투 때문이라니까." 하며 한바탕 웃었다.

10

　제풀에 고민하며 사모님은 공연히 마음이 갈팡거렸다. 요사이에 보인 하늘의 색은 갰을 때도 흐린 듯했고, 햇빛이 몸에 스미며 이상한 마음도 들었다. 추적추적 비 내리는 밤에 부는 바람 소리는 사람이 와서 문을 두드리는 것만 같아 외로움을 그대로 안고 거문고를 꺼내서는 홀로 좋아하는 곡을 탔는데, 자기 생각에도 자기 가락이 애처롭게 느껴져 아무래도 차마 탈 수 없던 나머지 눈물을 흘리며 치워 버리기도 했다. 어떨 때는 하녀들에게 뭉친 어깨를 두드리게 하며 마음이 들뜨는 사랑 이야기 같은 것을 시켜서 들었는데, 다른 사람들은 턱이 빠지게 우습다고 하며 자지러지게 웃는 그런 종잡을 수 없는 이야기마저 자기 생각에는 하나하나 애처롭게 느껴져 애가 타는 듯했다. 하룻밤에는 허드레꾼 후쿠가 목소리를 가다듬고, "말하지 않으면 남이 모르고 말해 봐야 내 득도 되지 않는 얘기를 안 하고 배기지 못하는 건 수다가 버릇이기 때문인데요, 들으셔도 모르는 체해 주세요. 재미있는 얘기가 하나 있는데⋯⋯" 하며 조금 솔깃이 들뜨서 말했다. "그게 뭐니." "들어 보세요. 서생 지바의 슬픈 첫사랑 얘기인데요, 고향에 있을 때 남몰래 첫눈에 반한 여자가 있었대요. 시골 여자라고 하면 허리에 낫을 차고 짚신을 신고, 머리에 수건을 매고는 김매기한 풀을 들고 있는 모습이 떠오르시겠지만, 전혀 그렇지 않아요. 아주 예쁜, 촌장 누이라는 여자였대요. 소학교를 다니는 동안 얕지 않게 좋아해서……."라고 하자 "누가 먼저?" 하며 몸종 요네가 끼어들었다. "다물고 들어 봐. 물론 지바 쪽이지."라는 말에 "세상에, 그 멋없는 사람이?" 하며 웃음을 터트리자 사모님이 쓴웃음 지으며 "가엾게, 실패한 옛날이야기를 들춰낸 거니?" 하고 말했다. "아뇨, 그리 오래된 얘기만 있는 건 아니에요. 좀 더 들어 보세요." 하며 옷매무새를 고치고 헛기침을 하자, 요네는 조금 얼굴을 붉히며 지바와 자기가 잘 어울리는 한 쌍이라고 생각해 남의 욕을 잘하는 후쿠가 무슨 말을 지껄일까 싶어 곁눈으로 노려보았다. 이야기꾼은 그에 아랑곳 않고 입술에 침을 바르고는 "일단 들어 보세요. 지바가 개한테 반하고 나서 아침에 학교 갈 때는 늘 그 집 창문 아래를 지나며 '목소리를 들을 수 있을까? 벌써 갔나? 보고 싶어! 듣고 싶어! 얘기를 나누고 싶어!' 하며 여러 생각을 했다고 치자고요. 학교에서는 얘기도 나눴겠죠? 얼굴도 봤겠죠? 그런데 그것만으로는 보람이 없어 애가 탔는지라 일요일만 되면 그 집 앞을 흐르는 시내에 나가 낚시를 했대요. 붕어나 납자루가 잘 잡히는 것도 썩 달갑지는 않았을 거예요. 낚으면 낚을수록 해가 서쪽으로 저물어 집에 가기가 아쉬웠을 테고, 개가 나오면 잡은 걸 다 주고 좋아하는 얼굴이라도 보고 싶었을 테니까요. 저래 뵈도 마음고생깨나 한 사람이에요."라고 하자 사모님은 "음, 그건 몇 살 때니? 그 사랑은 이뤄졌고?" 하고 물었다. "맞혀 보세요! 상대는 촌장 누이이고 이쪽은 물만 마시고 사는 농부예요. 구름에 잔교가 놓였다느니 봄 안개 속에 겨울 물떼새가 날았다느니 하는 허울 좋은 얘기는 되지 않았는데,

말하자면 이것과 비슷한 듯 전혀 다르게 마무리된 셈이죠. 신분에 꽤 차이가 있었지만 사랑에는 상하가 없다고들 하니, 어떻게, 잘됐을 거라 생각하세요? 오요네야, 너는 어떻게 됐을 거 같아?" 하고 묻자 요네는 '흥, 무슨 말을 시켜 놓고 비웃을 꿍꿍이겠지.'라고 옥생각하고는 "난 모르겠는데?" 하며 외면했다. 사모님이 살짝 웃으며 "잘되지 않았으니까 지금 여기에 있겠지. 그런 애인이 만일 있다면 그 부수수한 머리에 멋을 부리지 않고는 못 있을걸. 그럼 공부벌레가 된 건 절망에 빠져서 일까." 하고 말하자 후쿠는 "아니, 천만에요. 사모님, 그 남자가 과연 절망 따위에 빠지겠어요? 바로 무상함을 깨달았기 때문이에요."라고 했다. "그럼 걔는 세상을 떠났다는 거야? 가여워라." 하며 사모님이 불쌍해했다. 후쿠가 득의에 차서 "이 사랑은 고백하고 말고도 없었어요. 어린 애라서 속으로만 생각했으니, 겉으로 아무렇지도 않은 체하는 세월을 대체 얼마나 보냈을까요? 지금 지바를 보셔도, 어릴 적이 그랬다면 충분히 지금 모습이 그럴 만하게 짐작되시겠죠. 병으로 앓다가 절에 묘를 썼고, 그 뒤로는 어떻게 생각한들 솔바람만이 대답으로 들릴 뿐이니 전혀 어쩔 도리가 없었던 게 아닐까요? 그런데 이 뒤가 제일 중요해요."라고 하며 웃자 사모님은 "네가 맘대로 지어낸 얘기지? 얘가 그럴싸한 거짓말을 하네." 하고 나무랐다. "어머, 제가 왜 거짓말을 하겠어요? 하지만 이런 얘기를 들려줬다고 하면 제가 조금 난처해져요. 저는 본인한테 들었거든요."라는 말에 사모님이 "거짓말도 유분수지. 걔가 왜 그런 얘기를 하겠니. 혹시 정말 그런 일이 있었다고 해도 심각한 얼굴로 입을 꾹 다물고 있었겠지. 분명 거짓말일 거야." 하고 말하자 "너무 비참하네요. 그렇게 제 말을 믿어 주시지 않다니……. 어제 아침에 지바가 저를 불러서는 '사모님께서 요 네댓새 동안 얼굴이 안 좋아 보이시네. 무슨 일 있었니.'라고 너무나 걱정해서 제가 사모님은 부인병 때문에 가끔 우울해 지기도 하시고 정말 안 좋을 때는 어두운 데서 우시는 게 천성 이라고 하니까 엄청 놀라면서 '뜻밖이네. 그건 심한 신경과민 이라 자칫 돌이킬 수 없는 일이 될 수도 있어.'라고 하며, 거기 서 이 얘기가 나온 거라니까요? '내 고향에 어릴 적 친구 중에 이러이러한 애가 있었는데, 불뚱이인 데다 또깡또깡한 성격 이 우리 사모님하고 아무래도 많이 닮았었어. 계모한테 커서 평소 예사롭지 않게 화를 참고 살았는데, 그게 쌓여서 앓다가 죽은 불쌍한 애였지.' 하며, 하여간 평소 지바처럼 진지한 얼 굴로 있는 그대로를 말해 줬는데, 제가 그걸 짜깁기해서 생각 해 보니 방금 말씀드린 얘기가 된 거라고요. 개와 사모님이 닮 았다고 한 건, 그건 거짓말이 아니지만, 그 말이 퍼지면 개한 테 제가 혼나요. 모르시는 체해 주세요." 하고 혀를 놀렸는데, 여기에 또 장단을 맞추며 떠드는 소리가 참으로 활기차게 울 려 퍼졌다.

11

올해도 오늘로 12월 15일이다. 세간은 연말이 다가와 큰 길에 사람의 왕래가 분주했고 각 저택에는 단골로 드나들던 상인들이 보내온 세밑 선물이 부엌에 한가득 쌓였으며 서두 르는 집에서는 떡메를 둘러치는 소리마저 들렸는데, 이 저택 에서는 천장에 낀 그을음을 닦는 조릿대 잎이 다다미방에 넘쳤고 막치 짚신이 복도 곳곳에 어질러져 있었으며, 걸레질하는 사람과 다다미를 터는 사람, 세간살이를 짊어지고 다니는 사람도 있거니와 대접용 술에 취해 그 자신이 짐짝이 되는 사람도 있었다. 이 집에 신세를 진 드나들던 사람들이 "거들겠습니다. 거들겠습니다." 하며 아우성치는 것 가운데 절반은 돌려보내고 모은 사람들에게만 엷은 남색 천을 사모님이 "자, 다음." 하며 잘라서 나눠 주자, 일동은 제각기 머리에 뒤집어쓰거나 둥글게 쓰거나 뺨까지 덮어서 쓰거나 살짝만 덮어서 쓰거나 했다. 아침부터 남편이 집에 없어 대신 분부를 내리는 사모님의 모습을 보아 하니, 한 손에 옷자락을 들어 올린 속으로 유젠[95] 주반을 길게 드리우고 붉은 끈이 달린 아사우라[96]를 신은 차림으로 "이거 하세요. 저거 하세요." 하며 말하고 있었다. 한바탕 끝나고 오후가 되자 차와 과자를 산더미처럼 메어다 들여놓고 큰 접시의 김초밥을 실컷 들라고 한 뒤 사모님은 잠시 2층 작은 방에 들어가 피로를 풀었다. 부인병이 심한 사람이라 가슴 통증을 견디기 힘들어 베개를 베고 솜 잠옷에 들어가 잠시 누워 있는 것을 몸종 요네 말고는 전혀 아는 사람이 없었다.

사모님이 소르르 눈을 뜨자 머리맡의 툇마루에서 남녀의 이야기 소리가 들려왔다. 그리 조심하는 기색도 없이 이 집 아저씨가 어쩌고, 안사람이 어쩌고 하며 인력거 주선집에서 차부들끼리나 나눌 만한 말을 하는 것은 사모님이 이곳에 있는

---

95 友仙. 날염으로 인물, 새, 꽃 등의 화려한 그림 무늬를 만드는 염색법의 하나. 또는 그 염색물.

96 麻裏. 안쪽 바닥에 평평하게 엮은 삼실을 붙인 일본 짚신.

줄은 꿈에도 몰랐기 때문일 터다.

　한쪽은 허드레꾼 후쿠의 목소리였다. "꼼꼼히, 꼼꼼히 하라고 말씀하시지만 날을 잡고 하루만 하는 일인데 어떻게 그럴 수 있겠어? 구석구석 깨끗이 하다가는 몸이 남아나지 않을 거야. 보이는 곳만 대강 해치우고 그 뒤는 내가 알 게 뭐야? 그래서 딱 적당히만 피로해지는 거지. 애, 너 그렇게 정직하게 일해서 되겠니?" 하며 비웃듯이 말하자 "정말 그런가……." 하고 말했다. 상대의 목소리는 모스케 밑에서 일하는 야스고로였다. "정직이라고 하니 생각나는데, 혹시 여기 아저씨의 애인, 이이다마치에 있는 오나미에 관해 아니?" 하고 묻자 오후쿠는 '백 년도 전부터'라고 말만 하지 않을 뿐 "그걸 모르는 사람은 여기 사모님 한 명뿐일 거야. 여편네 바람 서방만 모른다는 말의 정반대잖아. 나는 아직 본 적은 없지만 낯빛이 조금 검고 얼굴이 갸름한 데다 고상한 성품이라고 하던데. 넌 모스케 아저씨 대신에 여기 주인을 모신 적도 있지? 본 적 있어?" 하고 되물었다. "그 여자만 봤게? 격자 대문에 방울 소리가 나면 어린애가 먼저 뛰쳐나온다니까? 뒤이어 나오는 게 그 여자지. 머리는 근사하게 빗에 감아 틀어 올렸고 엷은 화장은 산뜻한 느낌이었어. 장식용 옷깃을 꿰매 붙인 옷에 앞치마를 두른 차림으로 살갑게, '어머, 당신 아녜요?'라고 하더라고. 그러면 여기 아저씨가 헤벌쭉하며 '오래 못 왔네. 용서해.'라고 하며 현관 문턱에 앉고, 그 여자가 뛰어 내려와 신발을 벗겨 주지. 꼴불견일 정도로 화목하다는 건 그 사람들 얘기일 거야. 아저씨가 안에 들어가면 그 여자는 슬쩍 뒤돌아보며 '모시고 오느라 고생했어요. 이걸로 담배라도 사세요.'라고 하며 뇌물을 찔러 주기도 하지. 그렇게 뭘 좀 아는 여자가 그냥 주부라니 놀라워." 하고 칭찬하자 "주부도 그런 주부가 없지. 세상에 닳은 적도 없는 아가씨 출신이라고 하잖아? 주인하고는 10년이 넘은 사이니까 어린애도 올해 열이나 열한 살은 됐겠네. 사정이 딱한 건 이 집에는 자식이 한 명도 없는데 저기에 번듯한 사내애가 있다는 거니까, 나중을 생각했을 때 불쌍한 건 여기 사모님이야. 아무래도 이건 하늘이 점지해 주는 거니까."라고 했다. "어쩔 수 없잖아? 어지간히 전 주인이 쥐어 짜내서 만든 재산이니까. 남의 것이 돼도 불평은 없을 거야. 그래도 정직하지 않은 건 여기 주인이겠지."라는 말에 오후쿠가 "남자는 다 그렇지? 마음이 잘 변하잖아." 하며 웃음을 터트리자 "어디다 갖다 붙이냐? 듣기가 좀 그렇네? 나는 이래 봬도 의리 없고 줏대 없는 짓은 한 적이 없는 사람이라고. 마누라를 속이고 첩한테 갖다 붓는 인정머리 없는 짓은 하고 싶어도 못 해. 그러고 보면 참 배포가 크고 대단하기는 하지만 역시나 여기 주인도 귀신 같은 성품인 거야. 두 세대를 이어서 뿌리가 참 창창하게도 뻗어 나가겠네." 하며 야스고로가 아무도 듣지 않는다는 듯 기탄없이 큰 소리로 말했다. 후쿠도 예의 어조로 맞장구를 치다 "이제 또 한번 힘내서 해치우자. 야스 너는 정원 쪽으로 가 봐. 나는 여기를 한 번 더 닦은 다음에 창고로 갈게." 하며 슬슬 걸레질을 시작했다. 사모님은 사이에 둔 장지문 하나에만 의지하며 '열지 말고 가야 할 텐데……. 얼굴을 보이기 괴롭구나.' 하고 생각했다.

16일 먼동이 틀 무렵, 어제 청소를 해 깨끗한 헛방과 같은 다다미 여섯 장의 방에 화로를 두고 남편과 사모님이 마주 보고 아침 신문을 펼쳐 놓으며 정계, 문학계 이야기를 나누었는데, 화제가 다하지도 않으니 남들이 보기에는 부럽고 재미있겠지만 남편은 끊기 적당한 때를 가늠하다 "오래전부터 모자람 없는 집에서 다만 자식이 없는 게 아쉽고, 당신한테 있다면 더없이 기쁘겠지만 혹시 끝끝내 생기지 않는다면 지금부터라도 양자를 받아 마음껏 교육하고 싶다는 생각을 속에 늘 안고 있었는데 아직도 괜찮은 아이를 찾지 못했군요. 새해가 되면 나도 초로인 마흔 고개를 넘게 되는데, 나이 든 소리를 하는 것 같지만 집안의 대들보가 정해지지 않은 게 왠지 불안해, 요사이 당신이 계속 그랬듯이 외롭다, 외롭다 말하지 않고는 살 수가 없구려. 다행히 해군 도리이의 아는 사람 아들로, 태생도 나쁘지 않고 영특함을 타고난 사내아이가 있다는데, 당신한테 다른 뜻이 없다면 그 아이를 받아 정성을 다해 기르고 싶소. 모든 신원 보증은 도리이가 하고 수양부모도 그 집에서 맡겠다고 합디다. 나이는 열하나이고 인물도 좋다고 하던데." 하고 말하자 사모님은 고개를 들고 남편의 표정이 어떤지 살펴보고는 "과연 좋은 생각이시네요. 저는 이러니저러니 말하지 않을게요. 좋다고 생각했다면 그렇게 하세요. 이 집은 당신 거잖아요. 뭐든 생각하신 대로 하세요."라며 평온하게 말은 하면서도 '만약 걔면 어쩌지.'라는 생각에 무정한 마음이 절로 낯빛에 드러난지라 남편이 "뭐, 서두를 일도 아니니 찬찬히 생각해 보고 마음에 들면 그때 정하면 되지. 너무 당신을 우울하게 해서 병이라도 들게 해선 안 되니 말이오. 조금은 위로가 될까 싶어서 해 본 얘기인데 내가 너무 경솔했구려. 인형이나 병아리도 아니고 사람 하나를 장난감처럼 다룰 수는 없겠지. 흠이 있다고 해서 쓰레기터 구석에 버릴 수도 없고. 집안의 주춧돌로 받는 아이니까 더 들어 확인하고 조사해 본 뒤에 정해도 될 거요. 다만 요즘처럼 그렇게 꽁하게만 있으면 몸에도 안 좋을 것 같소. 이 일은 서두르지 않기로 하고 연극장에라도 가 보는 건 어떠오? 하리마[97]가 가까운 데 와 있다던데. 오늘 밤, 어때요. 가지 않겠소?" 하고 기분을 맞추자 사모님은 "저한테 왜 그렇게 잘해 주세요? 저는 그런 건 조금도 보고 싶지 않아요. 우울할 때는 우울하게 내버려 두세요. 웃을 때는 웃을 테니까 마음대로 하게 내버려 두시라고요."라고 말했다. 그런데 과연 그런 뒤에 노골적으로 원망을 하지는 못해 마음에 쌓고는 근심스러운 얼굴로 있자 남편은 심상찮게 걱정하며 "왜 그렇게 다 포기한 사람처럼 말하는 거요? 나도 요새 뭐가 어금니에 낀 것처럼 하나하나 신경 쓰이는 일이 많은데. 사람은 누구나 오해를 하잖소. 뭔가를 속에 품고 끝까지 숨기는 거 아니오? 요전에 고메하고 그랬던 일 때문인가? 그거라면 아주 단단히 착각을 하고 있는 거요. 아무 사심도 없으니 걱정할 건 없소. 고메는 야기타의 오랜 애인이라 남한테는 손가락도 까딱하지 못하게 하니까. 더구나 비쩍 말라서 꽃은 오래전에 지고 잎에 가려지려 하는 것 같은 여자인데, 어지간히 별난 사람이 손을 대겠소? 옥생각도 대강 하시오. 그 일이라면 나는 청정무구, 결백하니까." 하며 미소를 머금고 콧수염을 꼬았다.

---

97 다케모토 하리마 다유(竹本播磨太夫, 1859~1922). 당대 유명 조루리 공연자.

이이다마치의 격자 대문 얘기는 꿈에도 모르리라 생각했기에 여기에는 대비도 하지 않았고 방어책도 취하지 않았다.

13

여러 고민을 하다 보니 사모님은 가끔 오는 격통이 버릇이 되어, 심할 때는 그대로 쓰러져 금방이라도 숨이 끊길 듯 괴로워했다. 처음에는 피하 주사와 같은 의사의 처치도 기다렸지만 날마다, 밤마다 계속 그러해서 힘센 손으로 강하게 누르며 하여간 그때를 넘겼다. 남자가 아니면 소용없었기 때문에 격통이 오면 저녁이고 밤중이고 할 것 없이 곧장 지바를 불러 뒤로 꺾이는 등을 누르게 했는데, 한결같이 멋있고 고지식한 사내가 혼신의 힘을 다해 보살피는 것이 남의 눈에는 괴이하게 보인지라 소곤거리던 속삭임이 결국은 터무니없이 커지고 말았다. 외진 데 있는 다다미 여섯 장의 방을 사람들이 '사모님의 격통 방'이라고 이름 짓고 난행이 보기 흉하다는 식으로 이야기하자 정말 그렇게 믿고 보아서인지 그사이의 일이 수상히 생각되었고, 더욱이 그 서리 내리던 밤에 불쌍히 여기고 제 하오리를 입혀 준 일까지 더해져 소문은 걷잡을 수 없게 되었다. 자취가 없는 바람도 구설에 오르는 세상에서 넉줄고사리 들판의 벌레 소리처럼 사소한 일이 드러나며 사모님은 점점 괴로운 처지가 되었다.

허드레꾼 후쿠는 전부터 얼핏 눈여겨보던, 사모님이 입던 진짜 유키산 명주옷이야말로 자기 것이 되리라 기대한 것이 무색하게 "지바한테 많은 신세를 졌으니까." 하며 사모님이 그 옷감으로 설빔을 지어 내려 준 탓에 원망이 골수에 사무쳐 그 뒤로는 보는 눈이 삐뚤어졌는지 뒤집혔는지 머리 올려 주는 일을 맡는 도메를 붙들고는 얼마 전 희한한 일이 있었다는 표정으로 예의 혀를 신나게 놀려 댔으니 그 전보는 어디까지 띄워졌으며 그 말은 한 동네마다 얼마나 보태졌을까. 교스케도 어느새 우연히 듣고는 마음이 불편해 가슴이 고동치게 되었다. 전 호주의 딸이 아니었다면 어떻게 할 방법도 있었지만, 세상에 퍼질 소문 탓에 아내를 별거로 떼어 놓는 방법은 도저히 쓸 수 없었다. 그렇다고 이대로 내버려 두자니 가정이 파탄 나고 세상의 공격을 받는 빌미가 되어 심상찮은 곤경이 현재의 신상에 덮쳐 오게 생겼으니 교스케는 좌불안석이었다. 고집 부리는 것도 그대로이고 제멋대로 하는 것도 그대로이니 무슨 트집을 잡아 내몰 수 있으랴. 가나무라 집안의 안주인으로서 세상에 부끄러운 일을 하지 않았기를 바랐지만 내버려 둘 수 없이 하여간에 말들이 시끄러워 여러 친우들이 하나같이 권고한지라 '오늘 할까. 오늘 할까.' 하며 별렀지만 여전히 그 일까지는 치닫지 않고 날을 보냈다. '새해가 되는 내일 아침에, 마쓰노우치[98]를 지나기 전에' 하고 생각하다 '소나무를 치우고 보름날 즈음에는' 하고 생각했다. 그러다 20일도 지났고 1월도 헛되이 지났으니 2월에는 매화꽃을 보아도 마음이 들뜨지 않았다. 다음 달은 소학교 정기 시험이 있어 이이다마치 쪽에서는 웃을 날을 기대하며 다 같이 준비를 했지만 그래도 마음은 즐겁지 않았다. '이 집안과 마치코를 어떻게 해야

---

98 松の內. 새해가 되어 장식한 소나무를 대문 앞이나 현관에 세워 두는 기간. 1월 7일 또는 15일까지.

하나.'라는 생각뿐이었다. 그러다 끝내 야나카에 있는 지인의 집을 사들여 세간살이를 모두 마련해 놓고 그곳으로 쫓아낸다고 생각하자, 마치코의 인생이 서글퍼질 것이 이루 말할 수 없어 남몰래 눈물을 흘리고는 자신의 부덕을 깨닫는 조리가 없는 것은 아니었지만, 이제는 때가 됐다며 마음을 굳히고는 4월 초, 덧없는 세상에는 벚꽃에 봄비가 내리던 밤에 별거의 뜻을 전했다.

물론 진작에 지바는 쫓겨났다. 먹라강에 뛰어든 굴원은 아니었으니 원망은 어찌 하소연해야 할까. 스미다강의 청류 위에서 맑지 않은 평판을 덮어쓰고 에이타이 다리에서 기선에 올라타 고향에 가는 모습을 틀림없이 보았다고 하는 사람이 있었다.

*

괴로운 것은 그날 밤의 모습이었다. 인력거를 부르고 여러 채비를 시킨 뒤에 "할 말이 있소. 이리 오시오."라고 하는 남편의 말에 새삼 두려움을 느껴 서재 밖에 가만히 서 있자 남편은 "오늘 밤부터 당신은 야나카로 옮겨야 하오. 이 집을 집으로 생각하지 마시오. 돌아올 수 있다고 생각하지 마시오. 죄는 당신도 알겠지. 얼른 떠나시오." 하고 말했다. "너무한 말씀이네요. 제가 잘못을 했다면 왜 잔소리는 하지 않으셨죠? 갑작스러운 말씀은 듣지 않겠어요."라고 하며 우는 것을 교스케는 돌아보려고도 하지 않으며 "다 이유가 있으니 남들 같지 않은 일도 하는 게지. 죄상을 일일이 늘어놓는 건 괴로울 터. 인력거도 준비돼 있으니 타기만 하면 되오."라고 하고는 불쑥 일어나 방 밖으로 나갔는데, 거기에 매달려 소맷자락을 붙잡자 "이거 안 놓을 거요? 고얀 여자 같으니라고." 하며 뿌리쳤다. "당신, 정말 그러실 거예요? 저를 덧없는 세상의 쓸모없는 것으로 만드실 작정인가요? 저는 혼자예요. 세상에 도와줄 사람도 없다고요. 이 자그마한 몸을 버리시는 데 물론 까닭은 없겠죠. 보기 좋게 버리고 이 집안을 그쪽 것으로 하실 작정인가요? 어디 뺏어 보세요! 나를 버려 보라고요! 마음먹은 게 있으니까." 하며 잔뜩 노려보는 것을 밀어젖히고 교스케는 뒤도 돌아보지 않으며 말했다. "마치 양, 다신 보지 맙시다."

배반의 보랏빛

상

해 질 녘 가게 앞에 우체부가 던져 넣고 간 우아한 서체로 써진 편지 한 통을 고타쓰 방에서 램프 빛에 의지해 읽고는 둘둘 말아 오비 사이에 끼워 넣자, 행동거지에 신경이 쓰이고 염려되는 것이 심상치 않아 절로 얼굴빛에 드러났다. 호인인 남편이 "왜 그래?" 하고 묻자 아내는 "아니, 별다른 일은 아니고요. 나카마치에 사는 언니가 무슨 고민거리가 있는지 '내가 갈 수 있다면 좋겠지만 잔소리 많은 네 형부가 집 밖으로는 털끝만큼도 내보내 주지 않으니 난처하네. 오늘 밤중에라도 집에 갈 수 있게끔 보내 줄 테니 제부한테 말하고 잠시 와 줄 수 있을까? 기다리고 있을게.'라는 편지를 보냈네요. 의붓딸과 또 다투기라도 한 걸까요? 소심해서 입 밖으로는 아무 말도 하지 못한 채 잔뜩 속병을 앓는 게 언니의 천성이니 골치예요." 하며 짐짓 크게 웃으며 말했다. "그것 참 딱하다." 하며 남편은 굵은 눈썹의 미간을 찌푸리다 "당신한테는 하나뿐인 자매인

169

만큼 좋은 얘기다 나쁜 얘기다 분간해서 들어야 할 텐데, 마냥 그렇게 웃어넘길 일로 삼을 수는 없겠지. 무슨 얘기인지 가서 분위기를 보고 오는 게 어때? 여자는 대개 마음이 좁잖아. 기다리는 처지가 되면 한 시도 십 년처럼 생각될 텐데, 당신이 미적거리는 걸 보고 처형이 나를 탓하고 원망하는 것도 전혀 돈이 안 되는 일이지. 밤에는 특별히 일도 없잖아. 얼른 가서 얘기를 들어 주는 게 좋겠군그래." 하고 말했다. 불쌍한 처형에 관한 일이라 부탁하지 않고도 인정 어린 허락이 떨어졌지만, 아내는 날아갈 듯한 기쁨도 일부러 얼굴에 보이지 않으며 "그럼 갔다 올까요?" 하고 마지못해 장롱에 손을 대자 남편은 "인정머리 없는 소리는 관두고 얼른 가 보라니까 그러네. 처형이 얼마나 기다리겠어." 하며, 아무것도 몰랐기에 자비로운 마음으로 재촉했다. 그러자 양심의 가책에 절로 얼굴이 붉어졌고 가슴이 두근두근 높이 물결쳤다.

　질긴 명주 솜옷에다 오글쪼글한 비단의 하오리를 걸치고 눈만 내놓는 방한 두건을 쓰고는 키가 큰 사람이라 밤바람을 피하는 각진 소매의 외투까지 맵시 좋게 입자 아내는 "그럼 다녀올게요." 하며 식모에게 고마게타를 현관에 준비해 두라고 시키는 한편, "다키치, 다키치야." 하고 부르며 사환 아이의 등을 검지 끝으로 찌르고는 "졸리더라도 기운을 내서 가게 물건을 도둑맞지 않도록 해 주려무나. 내가 늦게 돌아올 것 같으면 개의치 말고 문을 내리고, 각로를 쬔다고 해도 언제까지고 이불 안에 넣어 두면 안 된다. 식모야, 너는 부엌의 불기가 있는 데를 조심하고, 주인어른의 베갯머리에는 늘 하던 대로 물 끓인 주전자와 다바코본을 챙겨 불편을 끼치지 않도록 해라. 되도록 일찍 돌아오기는 하겠다만." 하고 당부했다. 그런 뒤

아내가 유리문에 손을 대자 남편은 "인력거를 불러 주지 않겠느냐. 아무래도 걸어서는 갈 수 없을 것 같은데." 하는 달달한 말을 했다. "아녜요. 상인 마누라가 가게 앞부터 인력거를 타고 가는 건 너무 호사스러운걸요. 저쪽 모퉁이에서 적당히 값을 깎고 타고 갈게요. 이래 봬도 제가 돈 계산은 똑 부러지잖아요." 하며 아내가 고운 목소리로 웃자 남편은 "살림꾼 납셨군그래." 하며 흐뭇한 얼굴을 보였다. 그런 얼굴을 보지 않도록 하며 아내는 밖으로 나섰는데, 넓은 하늘을 올려다보며 후유 한숨을 쉬자 흐려지는 듯한 얼굴은 더욱 구름 깊숙이 빠져들고 말았다.

'어디에 사는 언니한테서 편지가 왔다니, 새빨간 거짓말인데…….'라는 생각에 제 집 쪽으로 고개가 돌아갔다. '아무것도 모르고 기분 좋은 얼굴로 내보내 주다니 너무 미안하네. 저렇게 독기 없이 의심이라고는 이슬만큼도 갖지 않는 마음씨 고운 사람을 용케도, 용케도 세 치 혀로 속여 버리고는 도리에서 엇나가 놀아나는구나. 이게 과연 남편을 둔 여자가 할 짓일까. 아마 악인이나 인비인과 같은, 예의니 도리니 하는 건 모두 엉망진창인 개짐승과 같은 마음이겠지. 이런 헤픈 짐승인 줄 깨닫지 못해, 천지에 바꿀 만한 게 없는 듯 사랑을 주며 내 말이라면 자기 몸을 바쳐서라도 들어주는 그 마음은 고맙고 기쁘지만, 두렵구나. 너무도 미안해 눈물이 앞을 다 가리네. 그런 남편을 가진 신세에 나는 무엇이 모자라 이런 칼날을 타는 듯한 위험한 계교를 일삼는 걸까. 가엾게도 그 사람 좋은 나카마치의 언니까지 팔아 사방팔방을 거짓말로 발라 굳히고 이 다리는 대체 어디로 향하는 걸까. 생각해 보면 나는 역시 악당이고 인비인이야. 음란하다느니 불의하다느니 하는 여자와 대체 마음가짐에서 무슨 차이가 있을까.' 이런 생각이 들어 네거리에 서서는 걸음도 옮기지 못했다. 이미 골목길의 모퉁이를 두 번 돌았기에 제 집의 처마는 보이지 않았지만, 뒤돌아보자 뜨거운 눈물이 뚝뚝 흘렀다.

남편의 이름은 고마쓰바라 도지로로, 서양 장신구 가게를 낸 것은 명색일 뿐이고 남아도는 재산을 곳간에 재어 놓고 있었는데, 그런 것치고는 응당한 금전 감각이 없는 남자였다. 한편 그의 사랑하는 아내 오리쓰의 싹싹한 태도는 집안일과 가게 일을 잘 꾸려 나갔는데, 그 고운 눈짓에는 남편의 노여움도 풀렸으며 그 사랑스러운 입으로는 손님에게 아양도 떨었다. 나이도 젊은데 저렇게 노련한 안주인 행세를 한다며 남들의 칭찬이 자자했다. 그런데 이런 사람이 속에는 어두운 마음을 감추고 있었던 것이다. 남들은 모르리라 생각하며 자기를 속이고 있었지만, 다정한 남편의 친절이 때마침 제 몸에 얽혀 드는 느낌이 들어 오리쓰는 길가에 우두커니 선 채로, '가지 말까. 가지 말까. 차라리 마음먹고 가지 말까? 오늘까지의 죄는 오늘까지의 죄야. 지금부터라도 내가 마음을 고치기만 하면 그분도 그리 미련을 보이시진 않겠지. 서로 깨끗이 사귀다 남들이 모르는 사이에 이 얼룩을 씻어내 버린다면 장차 그분에게도, 내게도 바람직할 거야. 억지로 애태우며 매달려 봤자 떳떳이 함께 살 수 있는 사이는 아니니까. 하지만 불쌍한 사람한테 불의의 멍에를 메우고, 그게 조금이라도 세상에 알려진다면 어떡해야 할까. 나는 어떻게 되든 간에, 그분이 출세하기도 전에 그분의 삶을 어둠으로 뒤덮어 버리고 나는 그걸로 만족스럽게 생각할 수 있을까? 아! 끔찍한 일이라 두렵구나. 나는 무슨 생각을 하고 만나러 나온 걸까. 설령 편지가 천 통이 온

대도 내가 가지만 않으면 서로 흠이 되지는 않을 텐데. 이제는 마음을 정하고 돌아가자. 돌아가자. 돌아가자. 돌아가자. 그래, 난 이제 마음을 정한 거야.' 하고 다짐했다. 이에 가던 방향을 바꾸어 고마게타를 돌렸지만, 공교롭게도 밤바람이 부는 것이 몸에 차갑게 느껴지며 꿈같은 생각은 다시금 깨지고 말았다. '아! 내가 이렇게 정에 물러서야 될까? 애초에 그 집에 시집갈 때부터 도지로를 남편으로 못 박고 간 건 아니면서. 몸은 가도 마음은 결코 주지 않으리라 각오했는데, 새삼 나는 지금 무슨 의리를 지키겠다는 걸까. 악인이 되든 불의한 여자가 되든 상관없잖아. 이런 내가 마음에 들지 않는다면 버리시라고 하지 뭐. 그러면 오히려 내가 바라던 바야. 그런 팔불출을 남편으로 받들고 요시오카 씨를 소홀히 할 생각을 어째서 잠시라도 가진 걸까? '제게 목숨이 붙은 한 끝까지 만나요. 떨어지지 않겠어요. 제가 남편을 가지든 당신에게 아내가 생기든 이 약속은 깨지 않겠어요.' 이런 말을 해 놓았으니, 어느 누가 아무리 인정이 많든 고마운 말을 해 주든 내 그이는 요시오카 씨 말고는 없는데…… 이제는 아무런 생각도 하지 않을 거야. 아무런 생각도 하지 않겠어.' 하고는 두건 겉에서 귀를 누르며 총총히 대여섯 보를 뛰기 시작하자 가슴의 두근거림은 어느새 멈춰 기분이 차분히 맑아졌으며, 핏기 없는 입술에는 쌀쌀맞은 웃음마저 떠올랐다.

1872년(1세)   5월 2일(구력 3월 25일) 도쿄부 제2대구1소구 우치사이와이초(內幸町)1초메 1번지의 도쿄부 연립 관사에서 아버지 히구치 다메노스케(為之助)와 어머니 아야메(あやめ)의 차녀로 태어난다(3남 3녀 중 다섯째). 호적명 나쓰(奈津). 아버지는 당시 도쿄부 소속(少属, 판임관, 월급 25엔). 이해 임신호적(壬申戶籍)에 아버지는 노리요시(則義), 어머니는 다키(たき)로 이름을 신고한다.

아버지는 1857년 고향인 가이노쿠니(甲斐国, 현재의 야마나시현)를 무단으로 떠나 에도에 왔고, 이후 몇몇 무사 밑에서 일했다. 1867년 5월 무사 신분을 사들여 막부 직속 신하가 되었으나 얼마 후 메이지 유신으로 막부가 와해되며 관리가 되었다. 어머니는 1857년 하타모토(旗本) 이나바 다이젠(稲葉大膳)의 딸 고(鑛)의 유모로 들어가 봉공한 바 있다.

8월, 제5대구4소구 시타야(下谷) 네리베이
초(練塀町) 43번지로 이사.

1873년(2세) 11월, 아버지가 권중속(権中属)으로 승급.
다음 달, 교부성(教部省) 대강의(大講義, 계급
명)를 겸임한다.

1874년(3세) 2월, 제2대구6소구 아자부(麻布) 미카와다
이마치(三河台町) 5번지로 이사.

6월, 여동생 구니(くに)가 태어난다.

9월, 아버지가 중속(中属)으로 승급.

10월, 언니 후지(ふじ)가 도쿄부 소속 와니
모토토시(和仁元利)의 장남인 모토카메(元亀)
와 결혼한다. 모토카메는 당시 군의료(軍医
寮)에서 일하는 군의부(軍医副, 계급명)였다.

1875년(4세) 3월, 아버지가 법적으로 도쿄부 사족(士族)
이 된다.

7월, 후지가 모토카메와 이혼.

9월, 아버지가 겸임 사직.

1876년(5세) 4월, 제4대구7소구 혼고(本郷)6초메 5번지
로 이사.

12월, 아버지 도쿄부 중속 의원면관.

1877년(6세) 3월, 나쓰는 공립 혼고 학교(本郷学校)에 입
학했으나 어린 나이에 통학을 견디지 못해
그달 퇴교.

10월, 아버지는 내무성 경시국 임시 직원이
되어 회계 업무를 담당한다.

가을, 나쓰는 사립 요시카와 학교(吉川学校)에 입학. 『소학독본(小学読本)』(소학교에서 사용된 국어 교과서)을 배우고, 사서(四書)를 서툴게 읽는다.

1878년(7세)　이해부터 구사조시(草双紙, 에도 시대 중기 이후부터 유행한 삽화 소설책) 유를 탐독한다.

6월, 요시카와 학교에서 하등소학 제8급(소학 최하급 과정)을 수료.

1879년(8세)　8월, 아버지는 도쿄지방위생회에서 소독 업무를 담당하게 된다.

10월, 후지 구보키 조주로(久保木長十郎)와 재혼. 구보키가는 과거 의복 제조·판매업을 크게 벌였으나 당시는 도식하던 형편.

1880년(9세)　아버지는 일하는 한편으로 암금융이나 부동산 투기에 힘을 쏟아 이윤을 꾀한다.

1881년(10세)　3월, 아버지는 경시청 경시속(警視属, 판임 관)이 된다.

7월, 시타야 오카치마치(御徒町)1초메 14번 지로 이사.

작은오빠 도라노스케(虎之助)가 불량한 무리에 들어가 가재를 전당 잡히거나 하여 분적당하고 구보키가에 동거하게 된다. 이듬해 도공 문하에 들어간다.

10월, 오카치마치3초메 33번지로 이사.

11월, 나쓰는 사립 세이카이 학교(青海学校)에 전입학한다. 교사 마쓰바라 기사부로(松

原喜三郎)의 영향으로 와카를 짓는다.

1882년(11세) 5월, 세이카이 학교에서 소학2급 후기 수료.
11월, 소학1급 전기 수료.

1883년(12세) 5월, 중등과 제1급을 5등으로 수료.
12월, 고등과 제4급(현재의 초등 5학년 1학기
에 상당)을 수석으로 수료. 어머니 뜻에 따
라 집안일을 익히고자 제3급에 진학하지
않고 퇴교. 같은 달, 큰오빠 센타로(泉太郎)
가 가독을 상속받는다.

1884년(13세) 1월부터 나쓰는 단기간 아버지의 지인인
와다 시게오(和田重雄)로부터 서신 교환 식
으로 와카(和歌)를 배운다.
같은 달, 센타로는 아타미(熱海)에 병 요양
을 나간다. 당시 시타야구청에서 일하고 있
었던 것으로 추정.
10월, 시타야 니시쿠로몬초(西黒門町) 22번
지로 이사.

1885년(14세) 2월, 센타로가 메이지 법률학교(현 메이지 대
학)에 입학한다.
이해 나쓰는 재봉 기술 습득차 다니고 있던
아버지 지인의 집에서 시부야 사부로(渋谷
三郎, 당시 도쿄전문학교, 현 와세다대학 학생)를
처음 만난다. 사부로는 노리요시가 상경 당
시에 찾아간 동향 출신의 무사 마시모(마시
타) 센노스케(真下専之丞)의 첩복 손자이자
후일 나쓰의 혼약자.

1886년(15세) 8월, 아버지 지인의 소개로 나카지마 우타코(中島歌子)의 하기노야(萩の舍)에 입숙. 와카, 서도, 고전 문학을 배운다. 하기노야는 민간 가숙(歌塾) 가운데 대개 귀족, 상류층 자녀가 모인 곳으로 유명.

1887년(16세) 1월 15일자로 최초의 일기 「몸에 걸친 헌옷 권1(身のふる衣まきのいち)」이 시작된다. 이후 몰년까지 40여 권의 일기를 남긴다.

1월 말, 간사이 지방에서 사업을 벌이고자 한 센타로가 뜻을 이루지 못하고 귀경.

6월, 아버지는 경시청을 그만두고 센타로를 지인의 알선을 받아 대장성 출납국 임시 직원으로 일하게 한다(11월, 질병 퇴직).

12월 27일, 센타로가 폐결핵으로 사망(만 23세). 히구치 집안의 가세가 기울기 시작한 것은 이때의 요양비 때문이라고 한다.

1888년(17세) 2월, 나쓰가 가독을 상속받는다(삼남은 요절).

5월, 시바(芝) 다카나와키타마치(高輪北町) 19번지로 이사.

6월, 하기노야 동문인 다나베 가호(田辺花圃)가 『덤불의 휘파람새(藪の鶯)』를 긴코도(金港堂)에서 출간하며 문단의 주목을 받는다. 아버지는 예전의 관리 시절부터 알던 지인을 뒷배로 믿고 여러 사람과 함께 짐수레 청부업 조합 설립에 착수하여, 9월 간다(神田) 오모테진보초(表神保町)로 이사, 니시키초(錦町)에 사무소를 둔다.

1889년(18세)　아버지가 사업에 실패하고, 3월 간다 아와
지초(淡路町)2초메 4번지로 이사.

7월 12일, 아버지는 실의 속에서 부채를 남
기고 병사(만 58세). 임종이 다가왔음을 안
아버지는 가족의 앞날을 걱정해 사부로에
게 나쓰와 나중에 결혼할 것을 부탁한다.
사부로는 차마 거절하지 못해 혼약.

9월, 나쓰는 어머니, 여동생과 함께 시바 사
이오지초(西応寺町) 60번지의 도라노스케
집에 의탁. 이 무렵 사부로는 히구치 가문
이 파산한 것을 알고 혼약을 일방적으로 파
기한다.

1890년(19세)　1월, 여동생이 고용살이할 만한 곳을 찾아
보았지만 마땅한 데가 없어 보류.

5월, 우타코는 형편이 좋지 않은 나쓰를 하기
노야에 들여 생활케 한다. 한편 여학교 교사
자리를 주선하고자 했으나 실현되지 못한다.

9월 말, 세 모녀는 혼고(本郷) 기쿠자카초
(菊坂町) 70번지의 셋집으로 독립. 생활비는
세탁과 바느질로 대기로 한다.

1891년(20세)　4월, 나쓰는 예전에 여동생의 친구인 노노
미야 기쿠코(野々宮きく子)에게 소개받은
《아사히신문(朝日新聞)》의 소설 기자 나카
라이 도스이(半井桃水)를 찾아가 입문. 당시
도스이는 아내를 사별하고 형제와 함께 살

고 있었다.

6월, 우에노(上野)의 제국도서관에 다니며 근세문학을 독학.

10월, 습작 소설 「마른 참억새(かれ尾花)」를 쓴다.

이해부터 나쓰는, 선종의 시조 달마 대사는 인도에서 중국으로 건너갈 때 갈대(芦) 한 잎(一葉)을 타고 갔지만 자신은 돈(錢)이 없다는 뜻에서(갈대와 돈은 '아시'로 동음) 이치요(一葉)를 호(號)로 사용.

1892년(21세) 2월, 도스이를 찾아가 문예지 《무사시노(武蔵野)》의 발간 계획을 듣고 「어둠 진 벚꽃(闇桜)」을 탈고(다음 달 출간).

3월 27일, 도스이에게 「마지막 서리(別れ霜)」가 《가이신신문(改進新聞)》에 소개될 것이라고 듣는다(다음 달 15회 연재 완결, 필명은 아사카노 누마코).

4월 17일, 《무사시노》에 「다마다스키(たま襷)」를 발표.

19일, 「여름 장마(五月雨)」를 쓰기 시작한다.

5월, 기쿠자카초 69번지로 이사.

6월 22일, 도스이와 교류하는 것에 대한 주변의 우려로 도스이와 일단 절교.

7월, 《무사시노》에 「여름 장마」를 발표.

8월 28일, 《고요신보(甲陽新報)》의 주간 노지리 리사쿠(野尻理作)에게서 기고를 요청

받는다.

9월 1일, 중매로 사부로를 다시 소개받자 어머니가 거절.

15일, 「파묻힌 나무(うもれ木)」를 탈고해 가호에게 들고 간다.

10월, 「경상(経づくえ)」을 《고요신보》에 발표(필명은 하루히노 시카코).

21일, 《미야코노하나(都の花)》의 편집장 후지모토 도인(藤本藤陰)이 찾아와 「파묻힌 나무」의 원고료로 11엔 75전을 지급(이치요가 받은 첫 원고료). 다음 달부터 세 번에 걸쳐 연재된다.

12월 7일, 도스이의 의뢰로 도스이가 출간할 단행본 『조선에 부는 모래 바람(胡砂吹く風)』의 첫머리에 실릴 와카 한 수를 보낸다.

26일, 신혼인 가호를 찾아가 《분가쿠카이(文学界)》의 창간에 관해 듣는다.

1893년(22세) 1월, 《분가쿠카이》에 게재할 「눈 오는 날(雪の日)」을 가호에게 보낸다(3월 출간).

2월 19일, 《미야코노하나》에 「새벽달(暁月夜)」을 발표. 23일, 도스이가 단행본을 전해 주러 찾아온다.

3월, 《분가쿠카이》의 동인 히라타 도쿠보쿠(平田禿木)가 찾아온다.

7월, 가족회의 결과 장사를 시작하기로 하고 시타야 류센지마치(竜泉寺町) 368번지로 이사. 다음 달 잡화점을 연다.

12월, 《분가쿠카이》에 「거문고 소리(琴の音)」를 발표.

1894년(23세) 2월 20일, 「꽃 속에 잠겨(花ごもり)」 전반부를 도쿠보쿠에게 보낸다. 23일, 장사가 잘되지 않는 와중에 신문에 난 유명 점술사 구사카 요시타카(久佐賀義孝)에게 가명을 대고 찾아가 미두를 하고 싶다고 말한다. 28일, 《분가쿠카이》에 「꽃 속에 잠겨」 전반부가 실린다. 같은 날, 요시타카가 매화 구경을 가자고 편지를 보냈으나 거절.

3월 12일, 도쿠보쿠와 함께 바바 고초(馬場孤蝶)가 처음 찾아온다.

13일, 요시타카를 방문, 다음 날 물질적 원조를 구하는 편지를 보낸다.

4월, 지인을 통해 50엔을 빌린다.

30일, 「꽃 속에 잠겨」 후반부 발표, 완결.

5월 1일, 가게를 접고 혼고 마루야마후쿠야마초(丸山福山町) 4번지로 이사. 하기노야 조교가 된다(월급 2엔).

6월 9일, 요시타카로부터 물질적 원조의 대가로 첩이 되어 달라는 편지를 받고 거절한다.

7월 12일, 선물에 대한 답례로 도스이를 찾아간다.

30일, 「캄캄한 밤(暗夜)」(1~4)을 《분가쿠카

이》에 발표.

8월 3일, 도스이가 이치요를 찾아왔지만 먼저 온 손님이 있다고 보고 그냥 돌아간다. 이 달《분가쿠카이》동인 도가와 슈코쓰(戶川秋骨), 시마자키 도손(島崎藤村)이 찾아왔다.

30일,「캄캄한 밤」(5~6)을 발표.

10월부터 이치요에게 문학을 배우고자 제자가 하나둘 들어오기 시작.

11월 30일,「캄캄한 밤」(7~12)을 발표, 완결.

12월 7일, 요시타카가 월 15엔의 수당으로 첩이 되어 달라고 편지를 보내와 다시 거절한다.

30일, 이달 탈고한 「섣달그믐(大つごもり)」을《분가쿠카이》에 발표.

1895년(24세) 1월 3일, 도스이가 새해 인사를 온다. 20일,《분가쿠카이》의 객원 도가와 잔카(戶川殘花)가 처음 찾아와《마이니치신문(每日新聞)》일요 부록에 실을 소설을 청탁.

30일,「키 재기(たけくらべ)」(1~3)를《분가쿠카이》에 발표.

다음 달,「키 재기」(4~6) 발표.

3월 29일, 오하시 오토와(大橋乙羽, 하쿠분칸 사장의 사위로 편집국장급)가 편지로《분게이쿠라부(文芸倶楽部)》에 기고 요청.

30일,「키 재기」(7~8)를 발표.

4월 3일과 5일, 《마이니치신문》에 「처마에 걸린 달빛(軒もる月)」을 발표.

20일, 집을 찾아온 요시타카에게 60엔을 빌리고 싶다고 부탁한다.

5월 1일, 여행지인 교토에서 요시타카가 거절한다는 취지로 편지를 보내온다.

5일, 「가는 구름(ゆく雲)」을 《다이요(太陽)》에 발표.

24일, 「경상」을 가필·수정.

26일, 가와카미 비잔(川上眉山)이 처음 찾아와 슌요도(春陽堂)에서 책 한 권을 공저로 내자고 제안.

6월 2일, 비잔이 찾아와 이치요의 처지 이야기를 듣고 자전을 쓰라고 권한다.

20일, 《분게이쿠라부》에 「경상」을 재발표함.

7월, 기자 세키 뇨라이(関如来)가 《요미우리신문(読売新聞)》 월요 부록에 실을 소설을 청탁.

8월, 《요미우리신문》에 「매미 허물(うつせみ)」을 발표. 「키 재기」(9~10)를 발표.

9월 16일, 월요 부록에 수필 「비 오는 밤(雨の夜)」, 「달이 뜬 밤(月の夜)」을 게재.

20일, 「도랑창(にごりえ)」을 《분게이쿠라부》에 발표.

10월 14일, 월요 부록에 수필 「기러기 소리

「ㄱがね」」,「벌레 소리(虫の音)」를 게재.

11월 30일,「키 재기」(11~12)를 발표.

12월,《분게이쿠라부》에「십삼야(十三夜)」를 발표,「꽃 속에 잠겨」,「캄캄한 밤」을 재발표. 30일,「키 재기」(13~14)를 발표.

1896년(25세) 1월 1일,「이 아이(この子)」를《니혼노카테이(日本の家庭)》에 발표.

4일,「헤어지는 길(わかれ道)」을《고쿠민노토모(国民之友)》에 발표.

8일, 사이토 료쿠(斎藤緑雨)가 처음 편지를 보내온다. 이날 밤, 가와카미 비잔이 찾아와 무리하게 이치요의 사진을 들고 간다. 이 무렵 비잔과의 염문이 세상에 나돌았다. 이달,《마이니치신문》의 기자 오카노 지주(岡野知十), 요코야마 겐노스케(横山源之助)가 찾아와 후타바테이 시메이(二葉亭四迷)에게 소개하고 싶다고 말한다.

30일,「키 재기」(15~16) 발표, 완결.

2월 5일,「배반의 보랏빛(裏紫)」(상)을《신분단(新文壇)》에 발표, 미완. 같은 날,「섣달 그믐」을《다이요》에 재발표.

4월 10일, 가필·수정한「키 재기」를《분게이쿠라부』에 일괄 게재. 이 무렵, 폐결핵이 상당히 진행되어 있었다.

5월 2일, 도쿠보쿠, 도가와 슈코쓰가 찾아와《메자마시구사(めざまし草)》의 합평란에

서 모리 오가이(森鷗外), 고다 로한(幸田露伴), 사이토 료쿠가 「키 재기」를 격찬한 사실을 전한다. 이 무렵, 슌요도에서 전속 작가 계약을 요청받는다.

10일, 「바다대벌레(われから)」를 《분게이쿠라부》에 발표.

20일, 이치요가 엮은 『일용백과전서 제12편: 통속서간문』(하쿠분칸) 출간.

24일, 료쿠가 이치요를 처음 찾아온 데 이어 며칠 후 「바다대벌레」의 의문을 풀기 위해 다시 찾아온다.

6월 1일, 도쿠보쿠가 찾아와 《메자마시구사》에 실린 「바다대벌레」의 평을 전한다.

2일, 《메자마시구사》의 동인 미키 다케지(오가이의 친동생)가 찾아와 합평회 참가를 요청하는 한편 료쿠에게 주의하라고 경고.

7일, 하쿠분칸 9주년 축하회에 초대받았으나 거절.

11일, 다케지가 찾아와 합평회 일자를 정하나 이후 편지로 정중히 거절.

18일, 《고쿠민노토모》의 편집자 구니키다 슈지(돗포의 친동생)가 찾아온다.

20일, 도스이가 찾아와 료쿠에게 방심하지 말라고 경고.

7월 18일, 지난주 리사쿠와 함께 찾아온 사부로로부터 사진과 연서가 도착한다.

20일, 다케지와 함께 고다 로한이 처음 찾아와 《메자마시구사》에서 합작 소설을 시작하자고 제안.

22일, 료쿠가 찾아와 《메자마시구사》의 내부 사정을 밝히고 동인에 가입하지 말라고 만류한다.

25일, 수필 「두견새(ほととぎす)」를 《분게이쿠라부》에 게재.

8월 초순, 여동생 구니는 스루가다이(駿河台)의 산류도(山竜堂) 병원에서 언니의 상태가 절망적이라는 선고를 받는다.

19일자 《요미우리신문》에 이치요의 중태 사실 보도.

9월, 병을 무릅쓰고 하기노야 모임에 참석.

가을 무렵, 료쿠의 요청으로 오가이가 아오야마 다네미치(青山胤通)에게 왕진하도록 연락. 역시 절망적이라는 선고.

11월 23일 오전, 폐결핵으로 사망(만 24세 6개월).

24일, 비잔, 슈코쓰, 료쿠 등이 유해를 두고 하룻밤을 지새운다.

25일, 장의 집행. 구니의 생각으로 장례는 조촐히 치러 참석자는 십수 명에 불과. 유해는 화장되어 히구치 가문 묘지에 안장. 법명 지상원석묘엽신녀(智相院釋妙葉信女).

옮긴이   부산대학교 일어일문학과를 졸업하고 현재 직장 생활을 하고 있
강정원   다. 옮긴 책으로 『도토리』(데라다 도라히코 수필선), 『밑손질&조
          리 방법』, 『열등감 버리기 기술』이 있다.

배반의 보랏빛   1판 1쇄 찍음 2020년 8월 7일
                1판 1쇄 펴냄 2020년 8월 14일

                지은이 히구치 이치요
                옮긴이 강정원
                발행인 박근섭, 박상준
                펴낸곳 (주)민음사

                출판등록 1966. 5. 19. 제16-490호
                서울시 강남구 도산대로 1길 62(신사동)
                강남출판문화센터 5층 06027
                대표전화 02-515-2000 팩시밀리 02-515-2007
                www.minumsa.com

                ©강정원, 2020. Printed in Seoul, Korea

                ISBN 978 89 374 2974 3 04800
                ISBN 978 89 374 2900 2 (세트)